Paul Auster est né en 1947 à Newark dans le New Jersey. Après des études à la Columbia University de 1965 à 1970, où il obtient un *Master of Arts*, Paul Auster s'installe à Paris de 1971 à 1975. Connaisseur attentif de notre langue, il traduit notamment Dupin, Breton, Jabès, Mallarmé, Michaux et Du Bouchet. Il publie ses premiers poèmes en France en 1980 (*Unearth* aux éditions Maeght) puis sa trilogie new-yorkaise dès 1987 (*Cité de verre, Revenants, La Chambre dérobée* aux Éditions Actes Sud). Suivront des essais, pièces de théâtre, recueils de poésie et de nombreux romans, publiés aux éditions Actes Sud. Il a également composé une anthologie de témoignages radiophoniques, intitulée *Je pensais que mon père était Dieu.* Son œuvre qui connaît un succès mondial — il est aujourd'hui traduit en 21 langues — est adaptée au théâtre, au cinéma (*La Musique du hasard*, en 1991 par Philip Haas) mais aussi en bande dessinée.

Il obtient plusieurs prix littéraires, dont le Médicis étranger en 1993 pour *Léviathan.*

Smoke et *Brooklyn Boogie*, films de Wayne Wang et de Paul Auster ont été portés à l'écran en 1996, avec William Hurt et Harvey Keitel. *Smoke* a obtenu le Prix du meilleur film étranger au Danemark et en Allemagne.

Paul Auster vit à Brooklyn avec sa femme Siri Hustvedt, écrivain également publiée chez Actes Sud.

Paru dans Le Livre de Poche :

Le Carnet rouge *suivi de* L'Art de la faim
Le Diable par la queue *suivi de* Pourquoi écrire ?
L'Invention de la solitude
Léviathan
Moon Palace
Mr Vertigo
La Musique du hasard
Smoke – Brooklyn Boogie
Le Voyage d'Anna Blume

Trilogie new-yorkaise
Cité de verre
Revenants
La Chambre dérobée

PAUL AUSTER

Tombouctou

ROMAN TRADUIT DE L'AMÉRICAIN PAR CHRISTINE LE BŒUF

ACTES SUD / LEMÉAC

Titre original :

TIMBUKTU

édité par Henry Holt, New York

à Robert McCrum

I

Mr. Bones savait que Willy n'en avait plus pour
longtemps ici-bas. Ça faisait bien six mois que
cette toux s'était installée, et il ne restait plus
désormais à Willy l'ombre d'une chance de s'en
débarrasser. Lentement, inexorablement, sans la
moindre amorce d'un changement favorable, le
mal s'était mis à vivre sa vie, depuis le premier
bourdonnement glaireux au fond des poumons le
3 février jusqu'aux volées de crachats asthma-
tiques et d'expectorations convulsives du plein été.
Comme si tout cela n'était pas assez moche, une
tonalité nouvelle s'était glissée depuis deux
semaines dans le concert bronchique — quelque
chose de contracté, de dur, de percutant — et la
fréquence des crises était telle qu'elles paraissaient à présent quasi continues. Chaque fois que
l'une d'elles commençait, Mr. Bones s'attendait
plus ou moins à ce que les fusées sous pression
qui éclataient contre la cage thoracique de Willy
fissent exploser son corps. Il se disait qu'à la prochaine étape il y aurait du sang, et quand advint
l'instant fatal, ce samedi après-midi, ce fut comme
si tous les anges du ciel s'étaient soudain mis à
chanter à pleine gorge. Planté au bord de la route
entre Washington et Baltimore, Mr. Bones vit de
ses yeux la chose se produire, il vit Willy cracher

dans son mouchoir quelques misérables caillots rouges, et il sut aussitôt que tout espoir était perdu. L'odeur de la mort s'était déposée sur Willy G. Christmas et, aussi sûr que le soleil est une lampe qui s'éteint et se rallume chaque jour dans les nuages, la fin était proche.

Qu'y pouvait un malheureux chien ? Mr. Bones vivait auprès de Willy depuis sa plus tendre enfance de chiot et il lui était à peu près impossible, désormais, de se représenter un monde sans son maître. Toutes ses pensées, tous ses souvenirs, chaque particule de l'air et de la terre lui semblaient imprégnés de la présence de Willy. Les habitudes ont la vie dure et il y a du vrai, sûrement, dans le proverbe qui dit qu'on ne peut apprendre de nouveaux tours à un vieux chien, mais ce n'étaient pas seulement l'amour et le dévouement qui fichaient la frousse à Mr. Bones devant ce qui était en train de se produire. C'était une pure terreur ontologique. Willy ôté du monde, il y avait toutes les chances que le monde même cessât d'exister.

Telle était l'impasse dans laquelle se voyait Mr. Bones en ce matin du mois d'août où il traînait la patte dans les rues de Baltimore en compagnie de son maître malade. Un chien solitaire ne valait guère mieux qu'un chien mort et il n'avait d'autre perspective, une fois que Willy aurait rendu le dernier soupir, que l'imminence de son propre trépas. Il y avait maintenant plusieurs jours que Willy le mettait en garde, et Mr. Bones connaissait ses instructions par cœur : comment éviter la fourrière et les agents de police, les paniers à salade et les voitures banalisées, les hypocrites représentants des associations soi-disant humanitaires. Si doucereux que fût leur boniment, le mot *abri* signifiait embêtements. Il y aurait d'abord des filets et des flingues tirant des cartouches de tranquillisants, ça tournerait au cauchemar avec cages et lumières fluorescentes, et ça se terminerait par une piqûre mortelle ou une dose de gaz asphyxiant. Si Mr. Bones avait appartenu à une race identifiable, il aurait pu tenter sa chance au concours de beauté quotidien devant de possibles adoptants, mais le compère de Willy était un salmigondis de traits génétiques — un peu colley, un peu labrador, un peu épagneul, un peu puzzle canin — et, ce qui n'arrangeait rien, son poil emmêlé boulochait, il avait mauvaise haleine et une perpétuelle tristesse imprégnait ses yeux injectés de sang. Personne n'aurait envie de venir à sa rescousse. Selon l'expression qu'affectionnait le barde sans logis, le dénouement était inscrit dans la pierre. Sauf à se trouver vite fait un nouveau maître, Mr. Bones était un clébard voué à l'oubli.

« Et si les flingues à stup te loupent, insistait Willy, accroché à un réverbère dans le brouillard matinal de Baltimore afin de s'empêcher de tomber, il y a mille autres choses qui t'auront. Je te préviens, petit lascar. Trouve-toi un nouvel engagement, ou tes jours sont comptés. T'as qu'à regarder ce patelin sinistre. Y a un restaurant chinois à chaque coin de rue, et si tu te figures que ces gens-là vont pas saliver quand tu passeras devant chez eux, tu connais que dalle à la gastronomie asiatique. Ces gens-là apprécient le goût du chien, l'ami. Les chefs raflent les chiens errants et les abattent dans la ruelle juste derrière leur cuisine — dix, vingt, trente par semaine. Ils les font peut-être passer pour du canard ou du porc sur le menu, mais les connaisseurs savent à quoi s'en tenir, les gourmets ne s'y trompent pas une seconde. Si tu n'as pas envie de finir sur un plat de *moo goo gai pan*, tu réfléchiras à deux fois avant d'agiter la queue devant une de ces gargotes chinoises. Tu me reçois, Mr. Bones ? Connais ton ennemi — et puis garde tes distances. »

Mr. Bones comprenait. Il comprenait toujours ce que lui disait Willy. Il en avait toujours été ainsi, aussi loin que remontaient ses souvenirs, et à présent sa maîtrise de l'angliche était aussi bonne que celle de n'importe quel immigrant ayant sept ans passés sur le sol américain. C'était sa seconde langue, bien entendu très différente de celle que sa mère lui avait enseignée, mais même si sa prononciation laissait un peu à désirer, il en possédait la syntaxe et la grammaire dans toutes leurs subtilités. Rien, là-dedans, qui puisse paraître étrange ou inhabituel pour un animal de l'intelligence de Mr. Bones. La plupart des chiens acquièrent une bonne connaissance pratique du langage des bipèdes, mais dans le cas de Mr. Bones il y avait un avantage, une bénédiction : un maître qui ne le traitait pas en inférieur. Dès le début, ils avaient été bons compagnons, et si vous comptiez en plus le fait que Mr. Bones n'était pas seulement le meilleur ami de Willy mais son seul ami, et puis si vous considériez que Willy était un homme amoureux du son de sa propre voix, un type atteint d'une véritable logorrhée congénitale, qui ne cessait pratiquement pas de parler de l'instant où il ouvrait les yeux le matin à celui où il sombrait, le soir, dans l'ivresse, il était tout à fait logique que Mr. Bones se sentît si à l'aise dans le dialecte indigène. Tout bien pesé, la seule chose étonnante était qu'il n'eût pas mieux appris à parler, lui aussi. Ce n'était pas faute de sérieux efforts, mais la biologie était contre lui, et vu la configuration du museau, des crocs et de la langue dont le destin l'avait affublé, le mieux qu'il pût faire était d'émettre une série de jappements, ululements et glapissements, un discours plutôt flou et confus. Il était bien conscient de la différence entre ces bruits et une élocution convenable, et il en souffrait, mais Willy le laissait toujours s'exprimer, et à la fin c'était tout ce qui comptait. Mr. Bones était libre de donner son avis et, chaque fois qu'il le faisait, son maître lui accordait une attention entière ; à voir le visage de Willy quand il regardait son ami s'efforcer d'imiter un membre de la tribu humaine, on aurait juré qu'il n'en perdait pas un mot.

En ce triste dimanche à Baltimore, cependant, Mr. Bones la bouclait. Ils en étaient à leurs derniers jours ensemble, leurs dernières heures peut-être, et ce n'était pas le moment de se permettre de longs discours ni des contorsions grotesques, les simagrées habituelles n'étaient plus de mise. Certaines situations exigent du tact et de la discipline, et dans la mauvaise passe où ils se trouvaient alors il valait beaucoup mieux tenir sa langue et se conduire en bon chien loyal. Il avait, sans protester, laissé Willy boucler la laisse à son collier. Il ne pleurnichait pas pour n'avoir rien mangé depuis trente-six heures ; il ne reniflait pas dans l'air les parfums de femelles ; il ne s'arrêtait pas pour pisser sur chaque réverbère et chaque borne à incendie. Il se contentait de trottiner au côté de Willy, suivant son maître au long des avenues désertes à la recherche du 316, Calvert Street.

Mr. Bones n'avait rien contre Baltimore en soi. La ville ne sentait pas plus mauvais que les autres villes où ils avaient campé au cours des années, mais même s'il comprenait le but du voyage, ça le chagrinait de penser qu'un homme pût choisir de passer ses derniers instants sur terre en un lieu où il n'était encore jamais allé. Un chien n'aurait jamais commis une telle erreur. Il aurait fait sa paix avec le monde, et puis veillé à rendre l'âme en terrain familier. Mais Willy avait encore deux choses à accomplir avant de mourir et, avec une obstination caractéristique, il s'était fourré dans la tête qu'il n'existait qu'une seule personne capable de l'aider. Cette personne s'appelait Béa Swanson, et comme ladite Béa Swanson était supposée habiter Baltimore, ils étaient venus la chercher à Baltimore. Bon, très bien, mais à moins que le plan de Willy ne se réalise selon son attente, Mr. Bones se retrouverait en rade dans cette cité de tourte au crabe et d'escaliers de marbre, et alors que ferait-il ? Un coup de téléphone aurait réglé ça en une demi-minute, mais Willy éprouvait une aversion philosophique envers l'usage du téléphone dans les affaires d'importance. Il aurait marché pendant des jours entiers plutôt que de décrocher l'un de ces appareils et de parler à quelqu'un qu'il ne pouvait voir. Ils en étaient donc là, deux cents miles plus tard, à errer sans plan de ville par les rues de Baltimore, à la recherche d'une adresse qui pouvait exister ou non.

Des deux choses que Willy espérait encore accomplir avant de mourir, aucune n'avait la préséance sur l'autre. Chacune était pour lui d'une importance capitale, et puisqu'il ne pouvait plus envisager, faute de temps, de s'en occuper séparément, il avait eu l'idée de ce qu'il appelait le « gambit de Chesapeake » : une opération de la onzième heure destinée à faire d'une pierre deux coups. De la première, il a été question dans le paragraphe précédent : assurer un nouveau gîte à son compagnon velu. La seconde consistait à régler ses propres affaires avec la certitude que ses manuscrits aboutiraient en bonnes mains. Pour l'instant, l'œuvre de sa vie était entassée dans un casier de la consigne automatique au terminal des bus Greyhound, Lafayette Street, à deux pâtés de maisons et demi au nord de l'endroit où ils se trouvaient, lui et Mr. Bones. Il avait la clef en poche, et à moins qu'il ne déniche une personne digne de se voir confier cette clef, tout ce qu'il avait pu écrire serait détruit jusqu'au dernier mot, mis au rebut comme bagage abandonné.

Depuis vingt-trois ans qu'il s'était donné le nom de Christmas, Willy avait rempli de ses écrits les pages de soixante-quatorze cahiers. Il y avait là des poèmes, des récits, des essais, des pages de journal, des épigrammes, des méditations auto-biographiques et les dix-huit cents premières lignes d'une épopée-en-cours, *Jours vagabonds*. La plus grande partie de tout cela avait été composée à la table de la cuisine, dans l'appartement de sa mère, à Brooklyn, mais depuis quatre ans que sa mère était morte, il s'était trouvé réduit à écrire en plein air, souvent en butte aux éléments dans des parcs publics ou des ruelles poussiéreuses tandis qu'il s'efforçait de coucher ses réflexions sur le papier. Au plus secret de son cœur, Willy ne se faisait pas d'illusions sur lui-même. Il savait qu'il était une âme en peine, un type mal adapté à ce monde, mais il savait aussi qu'il y avait beaucoup de bon enterré dans ces cahiers et que sur ce point au moins il pouvait garder la tête haute. Peut-être, s'il avait plus scrupuleusement pris ses remèdes, ou si son corps avait été un peu plus costaud, ou s'il n'avait pas tant apprécié le malt et les alcools et le brouhaha des bars, peut-être aurait-il pu faire davantage de bon ouvrage. Cela était tout à fait possible, mais il était trop tard désormais pour s'appesantir sur les regrets et les erreurs. Willy avait écrit la dernière phrase qu'il écrirait jamais, et il ne lui restait guère de tours d'horloge. Les mots enfermés à la consigne étaient tout ce qu'il avait à revendiquer. Si ces mots disparaissaient, ce serait comme s'il n'avait jamais existé.

C'est là que Béa Swanson entrait en scène. Willy était conscient de jouer à l'aveuglette, mais, s'il parvenait à la retrouver, il était persuadé qu'alors elle bougerait ciel et terre pour l'aider. Autrefois, au temps où le monde était encore jeune, Mrs. Swanson avait été son professeur d'anglais en première année d'études secondaires, et sans elle il est fort peu probable qu'il eût jamais trouvé le courage de s'imaginer écrivain. Il était encore William Gurevitch, à cette époque, un gamin de seize ans efflanqué, passionné de livres et de jazz be-bop, et elle l'avait pris sous sa protection, accueillant ses premiers écrits avec des louanges si excessives, si peu proportionnées à leurs mérites réels, qu'il avait commencé à se considérer comme le nouveau grand espoir de la littérature américaine. Qu'elle ait eu tort ou raison d'agir ainsi, là n'est pas la question, car à ce stade les résultats importent moins que les promesses. Mrs. Swanson avait reconnu son talent, elle avait discerné l'étincelle dans son âme de poète en herbe, et nul ne peut arriver à rien dans cette vie sans quelqu'un qui croit en lui. C'est un fait avéré, et si le reste de la classe des juniors à Midwood High voyaient en Mrs. Swanson une petite femme trapue d'une quarantaine d'années dont les bras dodus tressautaient et tremblotaient chaque fois qu'elle écrivait au tableau, aux yeux de Willy elle était belle, elle était un ange du ciel qui avait pris figure humaine.

Mais à la rentrée scolaire de septembre, Mrs. Swanson n'était plus là. Son mari s'était vu proposer un nouvel emploi à Baltimore, et Mrs. Swanson n'étant pas seulement enseignante mais aussi épouse, quelle autre voie pouvait-elle choisir que de quitter Brooklyn pour s'en aller où allait Mr. Swanson ? Le coup fut rude à encaisser pour Willy, mais il aurait pu être pire car, même à distance, son mentor ne l'oublia pas. Pendant plusieurs années, Mrs. Swanson entretint avec son jeune ami une correspondance animée, continua à lire et à commenter les manuscrits qu'il lui expédiait, se souvenant de lui envoyer, en cadeau d'anniversaire, de vieux disques de Charlie Parker, et lui suggérant de petites revues auxquelles il pouvait commencer à proposer ses écrits. Le lyrisme exubérant de la lettre qu'elle écrivit pour lui à la fin de sa dernière année d'études secondaires contribua à lui décrocher une bourse complète à Columbia. Mrs. Swanson était pour Willy à la fois muse, protectrice et porte-bonheur et, à ce moment de la vie de Willy, tous les espoirs semblaient permis. Mais alors éclata la crise schizophrénique de 1968, ce fandango dément, ce « jeu de la vérité » sur un fil à haute tension. On l'enferma dans un hôpital et, après six mois de traitement de choc et de thérapie psychopharmaceutique, il ne fut plus jamais tout à fait ce qu'il avait été. Willy avait rejoint les rangs des âmes éclopées, et même s'il continuait de mouliner ses poèmes et ses récits, s'il écrivait toujours, qu'il fût malade ou bien portant, il ne parvenait plus que rarement à répondre aux lettres de Mrs. Swanson. Les raisons étaient sans importance. Peut-être Willy se sentait-il gêné de rester en contact avec elle. Peut-être était-il distrait, préoccupé par d'autres questions. Peut-être avait-il perdu confiance dans le service postal des États-Unis et craignait-il que les facteurs ne jettent un œil indiscret sur le courrier qu'ils distribuaient. Quoi qu'il en fût, sa correspondance jadis volumineuse avec Mrs. Swanson se réduisit à presque rien. Pendant un an ou deux, elle consista en quelques cartes postales irrégulières, et puis, à Noël, une carte de vœux imprimée et enfin, en 1976, elle s'arrêta complètement. Depuis cette époque, pas une syllabe de communication n'était passée entre eux.

Mr. Bones savait tout cela, et c'était bien ce qui l'inquiétait. Dix-sept années s'étaient écoulées.

Gerald Ford était président, en ce temps-là, bon Dieu de bois, et lui-même ne serait pas engendré avant une bonne dizaine d'années. De qui Willy essayait-il de se moquer ? Pensez au nombre de choses qui peuvent se passer pendant une telle période. Pensez à tout ce qui peut changer en dix-sept heures ou en dix-sept minutes — alors en dix-sept ans ! Au minimum, Mrs. Swanson avait sans doute déménagé. La brave dame devait friser les soixante-dix ans, à présent, et si elle n'était ni gaga ni installée dans un parc pour mobile-homes en Floride, il y avait gros à parier qu'elle était morte. Willy en était convenu, le matin même, lorsqu'ils avaient entrepris de courir les rues de Baltimore, mais on s'en fout, avait-il dit, c'est notre seule et unique chance, et puisque la vie n'est jamais qu'un jeu de hasard, pourquoi ne pas jouer notre va-tout ?

Ah, Willy ! Il avait raconté tant d'histoires, parlé de tant de voix différentes, tourné sa langue de tant de manières que Mr. Bones ne savait plus du tout ce qu'il pouvait croire. Où était le vrai, où était le faux ? Difficile à discerner quand on avait affaire à un type aussi complexe et aussi fantaisiste que Willy G. Christmas. Mr. Bones pouvait attester de ce qu'il avait vu de ses propres yeux, des événements dont il avait en personne été témoin, mais il n'y avait que sept ans qu'ils étaient ensemble, Willy et lui, et des trente-huit années précédentes, bien des choses lui échappaient encore. Si Mr. Bones n'avait pas vécu sa vie de chiot sous le même toit que la mère de Willy, toute l'histoire serait demeurée voilée d'obscurité, mais en écoutant Mrs. Gurevitch et en comparant ses propos avec ceux de son fils, Mr. Bones avait réussi à composer un tableau raisonnablement cohérent de ce dont le monde de Willy avait l'air avant que lui-même y fît son entrée. Mille détails manquaient. Mille autres se mêlaient dans la confusion, mais Mr. Bones s'était fait une idée de l'allure générale de ce monde, il devinait comment il était et n'était pas configuré.

Il n'était pas riche, par exemple, et il n'était pas joyeux, et c'est bien souvent que l'atmosphère de l'appartement s'était teintée d'amertume et de désespoir. Compte tenu de tout ce que cette famille avait vécu avant d'aborder en Amérique, on pouvait, d'abord, trouver miraculeux que David Gurevitch et Ida Perlmutter se soient débrouillés pour engendrer un fils. Des sept enfants qu'avaient eus les grands-parents de Willy à Varsovie et à Łódź entre 1910 et 1921, seuls ces deux-là avaient survécu à la guerre. Ils furent les seuls à n'avoir pas de numéros tatoués sur leurs avant-bras, les seuls à qui fut accordée la chance d'en réchapper. Mais cela ne veut pas dire que les choses avaient été faciles pour eux, et Mr. Bones avait entendu là-dessus assez de récits pour en avoir la chair de poule sous sa fourrure. Il y avait les dix jours où ils étaient restés cachés dans la soupente d'un grenier de Varsovie. Il y avait la marche d'un mois, de Paris à la zone libre, dans le Sud, en dormant dans des meules de paille et en volant des œufs pour subsister. Il y avait le camp d'internement des réfugiés à Mende, l'argent dépensé en pots-de-vin dans l'espoir d'obtenir des sauf-conduits, les quatre mois d'enfer bureaucratique à Marseille pendant qu'ils attendaient leurs visas de transit espagnols. Ensuite vint le long coma immobile à Lisbonne, le fils mort-né dont Ida accoucha en 1944, les deux années passées à contempler l'Atlantique tandis que la guerre s'éternisait et que leurs économies allaient à rien. Quand enfin les parents de Willy arrivèrent à Brooklyn en 1946, ce fut moins pour eux le début d'une nouvelle vie que d'une vie posthume, un intervalle entre deux morts. Le père de Willy, brillant jeune avocat, jadis, en Pologne, quémanda un emploi à un cousin éloigné et pendant les treize années qui suivirent prit l'*IRT* de la Septième Avenue pour se rendre dans une fabrique de boutons de la 28ᵉ Rue ouest. Pendant la première année, la mère de Willy arrondit leurs revenus en donnant des leçons de piano à de petits morveux juifs dans l'appartement, mais cela prit fin un matin de novembre 1947, quand Willy poussa sa petite tête entre les jambes d'Ida et, contrairement à toute attente, s'obstina à respirer.

Il eut une enfance américaine, celle d'un gamin de Brooklyn qui jouait au *stickball* dans la rue, lisait *Mad Magazine* le soir sous ses couvertures et écoutait Buddy Holly et le Big Bopper. Ni son père, ni sa mère ne comprenaient rien à tout cela, ce qui n'était pas plus mal du point de vue de Willy, car la grande ambition de sa vie à cette époque était de se convaincre que ses parents n'étaient pas ses vrais parents. Il les considérait comme des créatures d'un autre monde, tout à fait embarrassantes, des gens qui le faisaient rougir de honte avec leur accent polonais et leurs manières guindées d'étrangers, et sans avoir vraiment besoin d'y réfléchir, il comprenait que son seul espoir de survie consistait à leur résister en toute occasion. Quand, à quarante-neuf ans, son père tomba mort d'une crise cardiaque, un soulagement secret tempéra le chagrin de Willy. Dès douze ans, à peine au seuil de l'adolescence, il avait formulé la philosophie qui serait sienne toute sa vie : accueillir à bras ouverts les difficultés d'où qu'elles viennent. Plus misérable était la vie, plus proche on se trouvait de la vérité, du noyau rugueux de l'existence, et que pourrait-il y avoir de plus terrible que de perdre son paternel six semaines après son douzième anniversaire ?

Cela vous désignait comme un personnage tragique, cela vous disqualifiait pour la course aux vains espoirs et aux illusions sentimentales, cela vous conférait une aura de souffrance légitime. Mais la vérité, c'est que Willy ne souffrit guère. Son père avait toujours été pour lui une énigme, un homme capable de silences d'une semaine comme d'éclats soudains de colère, et qui avait plus d'une fois giflé Willy pour des infractions mineures, insignifiantes. Non, s'accommoder d'une vie débarrassée de ce paquet d'explosifs ne fut pas difficile. Cela ne demanda pas le moindre effort.

C'est en tout cas ce qu'en pensait le bon Herr Doktor Bones. Ignorez son opinion si vous voulez, mais à qui d'autre êtes-vous disposés à faire confiance ? Après avoir écouté ces histoires pendant sept années, ne méritait-il pas d'être considéré comme la première autorité mondiale en la matière ?

Voilà donc Willy seul avec sa mère. Elle n'était vraiment pas ce qu'on appellerait une joyeuse compagnie, mais, au moins, elle gardait ses mains chez elle et manifestait à son fils une affection considérable, un cœur assez chaleureux pour contrebalancer les périodes pendant lesquelles elle le tarabustait, le sermonnait et lui tapait sur le système. Dans l'ensemble, il essayait d'être un bon fils. Aux rares instants où il était capable de cesser de penser à lui-même, il faisait même un effort conscient pour se montrer gentil envers elle. S'ils avaient leurs différends, ceux-ci résultaient moins d'une animosité personnelle que de façons opposées de voir la vie. D'une expérience durement acquise, Mrs. Gurevitch avait appris que la vie est menaçante, et elle vivait la sienne en conséquence, en faisant tout ce qu'elle pouvait pour se tenir hors d'atteinte des catastrophes. Willy savait, lui aussi, que la vie est menaçante mais, contrairement à sa mère, il n'éprouvait aucune réticence à l'idée de rendre les coups. La différence ne venait pas du fait que l'une était une pessimiste et l'autre un optimiste, elle venait de ce que le pessimisme de l'une avait induit une morale de peur tandis que le pessimisme de l'autre avait engendré un dédain hargneux et bruyant envers tout ce qui est. L'une se faisait toute petite, l'autre jouait les matamores. L'une s'alignait, l'autre sortait du rang. La plupart du temps, ils se retrouvaient affrontés et, parce qu'il lui paraissait si facile de choquer sa mère, Willy ne ratait guère une occasion de provoquer une dispute. Si seulement elle avait eu l'intelligence de céder un peu, il se serait peut-être moins acharné à défendre ses arguments. L'antagonisme qu'elle lui manifestait l'inspirait, le poussait à des positions de plus en plus extrêmes, et quand vint le temps où il fut prêt à quitter la maison pour s'en aller à l'université, il s'était coulé à jamais dans le rôle de son choix : le mécontent, le rebelle, le poète hors-la-loi roulant sa bosse dans les caniveaux d'un monde en ruine.

Dieu seul sait combien de drogues ce gamin absorba pendant les deux ans et demi qu'il passa à Morningside Heights. Désignez n'importe quelle substance illégale, Willy l'aura fumée ou sniffée ou se la sera injectée dans les veines. Ce n'est pas rien de se prendre pour la réincarnation de François Villon, mais gavez un jeune homme instable de préparations toxiques en quantité suffisante pour remplir un site de décharge dans les Jersey Meadowlands, et la chimie de son corps en sera forcément altérée. Tôt ou tard, Willy aurait peut-être craqué de toute façon, mais qui soutiendrait que la pagaille psychédélique de l'époque de ses études n'a pas accéléré le processus ? Quand, vers le milieu de sa troisième année d'études, son compagnon de chambre, en rentrant un après-midi, le surprit nu comme un ver sur le plancher, en train de psalmodier les noms de l'annuaire téléphonique de Manhattan en mangeant un bol de ses propres excréments, ce fut la fin abrupte et définitive de la carrière académique du futur maître de Mr. Bones.

Willy se retrouva chez les fous, et puis il retourna chez sa mère, Glenwood Avenue. Ce n'était sans doute pas pour lui l'endroit idéal où habiter, mais où aurait pu aller un débris comme le pauvre Willy ? Pendant les six premiers mois, l'arrangement ne fut guère satisfaisant. A part le fait que Willy était passé des drogues à l'alcool, les choses restaient pour l'essentiel telles qu'elles avaient été. Les mêmes tensions, les mêmes conflits, les mêmes malentendus. Et puis, soudain, à la fin décembre 1969, Willy eut la vision qui changea tout, la rencontre mystique avec la sainteté qui le retourna de fond en comble et lança son existence sur une trajectoire entièrement différente.

Il était deux heures et demie du matin. Il y avait plusieurs heures que sa mère était allée se coucher, et Willy, vautré sur le canapé du salon avec un paquet de Lucky et une bouteille de bourbon, regardait la télévision du coin de l'œil. La télévision était pour lui une nouvelle habitude, un sous-produit de son récent séjour à l'hôpital. Les images sur l'écran ne l'intéressaient pas spécialement, mais il aimait bien sentir à l'arrière-plan le ronron et la lueur du tube, et les ombres d'un gris bleuté projetées sur les murs lui donnaient une impression de confort. Le tout dernier programme de nuit était en train de passer (un film où des sauterelles géantes dévoraient les habitants de Sacramento, en Californie), mais pour leur plus grande partie, les émissions avaient été consacrées à des discours fumeux vantant des produits miracles révolutionnaires : couteaux qui ne s'émoussent jamais, ampoules inépuisables, lotions à formules secrètes écartant la malédiction de la calvitie. Blablabla, marmonnait Willy pour lui-même, toujours bobards et baratins. A l'instant précis où il allait se lever et éteindre la télévision, une nouvelle publicité commença, et le père Noël apparut, sortant d'une cheminée dans ce qui ressemblait à un salon des faubourgs de Massapequa, à Long Island. L'époque de Noël était proche, et Willy avait pris l'habitude des publicités où intervenaient des acteurs habillés en pères Noël. Mais celui-ci était mieux que la plupart — un type tout rond, avec des joues roses et une barbe blanche plus vraie que nature. Willy attendait le début du boniment, certain qu'il allait être question de shampoing pour moquettes ou de systèmes d'alarmes, quand tout à coup le père Noël prononça les paroles qui allaient changer sa destinée.

« William Gurevitch, dit le père Noël. Oui, William Gurevitch de Brooklyn, New York, c'est à toi que je parle. »

Willy n'avait bu qu'une demi-bouteille ce soir-là, et huit mois s'étaient écoulés depuis sa dernière hallucination grand teint. Personne n'allait tenter le coup de lui faire gober pareille absurdité. Il connaissait la différence entre réalité et canular, et si le père Noël lui adressait la parole du fond du poste de télévision de sa mère, cela ne pouvait signifier qu'une chose, c'est qu'il était beaucoup plus saoul qu'il ne le croyait.

« Va te faire foutre, bonhomme », dit Willy, et, sans y penser davantage, il éteignit l'appareil.

Malheureusement, il ne fut pas capable d'en rester là. Parce qu'il était curieux, ou parce qu'il voulait s'assurer qu'il n'était pas en train de faire une nouvelle crise, Willy décida qu'il n'y aurait pas d'inconvénient à rallumer la télévision — juste le temps d'un coup d'œil, d'un dernier petit coup d'œil. Ça ne ferait de mal à personne, pas vrai ? Mieux valait apprendre la vérité tout de suite que se balader pendant les quarante années à venir avec la tête encombrée d'une telle connerie.

Et, voyez-vous ça, il était de nouveau là ! Ce foutu père Noël était là, en train d'agiter un doigt vers Willy et de hocher la tête en le regardant d'un air triste et désabusé. Quand il ouvrit la bouche et se remit à parler (reprenant exactement là où il avait été coupé dix secondes plus tôt), Willy se demanda s'il devait éclater de rire ou sauter par la fenêtre. C'était en train d'arriver, bonnes gens. Ce qui ne pouvait pas arriver était en train d'arriver, et Willy sut, dans l'instant, que plus rien au monde ne serait désormais pareil à ses yeux.

« Ce n'était pas bien, ça, William, disait le père Noël. Je suis ici pour t'aider, mais nous n'arriverons jamais à rien si tu ne me laisses pas parler. Tu me suis, fiston ? »

La question semblait appeler une réponse, mais Willy hésita. Écouter ce clown, c'était déjà grave. Avait-il vraiment envie d'aggraver encore la situation en lui répondant ?

« William ! » fit le bonhomme. Il avait la voix sévère et réprobatrice, une voix où l'on sentait la force d'une personnalité qu'il ne fallait pas prendre à la légère. Si Willy espérait se tirer de ce cauchemar, sa seule chance était de jouer le jeu.

« Ouais, patron, je te reçois cinq sur cinq. »

Le gros homme sourit. Alors, très lentement, la caméra s'approcha de lui pour le prendre en gros plan. Pendant quelques secondes, il resta là à se caresser la barbe ; il paraissait perdu dans ses pensées.

« Sais-tu qui je suis ? finit-il par demander.

— Je sais à qui tu ressembles, répliqua Willy, mais ça veut pas dire que je sais qui tu es. J'ai d'abord cru que tu étais l'un ou l'autre connard d'acteur. Ensuite j'ai pensé que tu étais le génie dans la bouteille. Maintenant je sais plus du tout.

— Ce dont j'ai l'air, c'est ce que je suis.

— C'est ça, mec, et moi je suis le beau-frère d'Hailé Sélassié.

— Le père Noël, William. Connu aussi sous le nom de Santa Claus. Le père Noël en personne. La seule force bénéfique subsistant au monde.

— Santa Claus, hein ? Et, Santa, t'épellerais pas ça S-A-N-T-A, des fois ?

— Oui, en effet. C'est exactement ainsi que je l'épellerais.

— C'est bien ce que je pensais. Maintenant, réarrange un peu les lettres, et qu'est-ce qu'on a ? S-A-T-A-N, voilà ce qu'on a. T'es le diable, nom de Dieu, papy, et t'existes nulle part ailleurs que dans ma cervelle. »

Remarquez la résistance que Willy opposait à l'apparition, sa détermination à en déjouer les sortilèges. Nous n'avons pas affaire à un psychopathe niais qui se laisse bousculer par des apparitions ou des spectres. Il ne voulait pas jouer dans cette pièce, et c'étaient justement le dégoût qu'il en ressentait, la franche hostilité qu'il manifestait chaque fois qu'il évoquait les premiers instants de cette rencontre qui avaient convaincu Mr. Bones que tout cela était vrai, que Willy avait eu là une vision authentique et qu'il n'inventait pas cette histoire. A l'entendre en parler, cette situation était un scandale, une insulte à son intelligence, et le seul fait d'avoir à contempler ce tas de clichés stupides lui faisait bouillir le sang. A d'autres, ces fariboles. Noël était une imposture, une saison vouée aux dollars vite gagnés et au tintement des caisses enregistreuses, et en tant que symbole de cette saison, comme l'essence même de tout ce bataclan consumériste, le bonhomme Noël était la pire des escroqueries.

Mais ce bonhomme-là n'était pas un faux, et ce n'était pas le diable déguisé. C'était le véritable père Noël, le seul et unique Seigneur des Elfes et des Esprits, et le message qu'il était venu apporter était un message de bonté, de générosité et de sacrifice personnel. Cette fiction d'une totale invraisemblance, ce démenti de toutes les convictions de Willy, cet absurde étalage de niaiserie en manteau rouge et bottes bordées de fourrure — oui, le « Santa Claus » de Madison Avenue dans toute sa gloire — avait surgi du fin fond du Pays de la Télévision pour jeter à bas les certitudes du scepticisme de Willy et lui remettre l'âme en état. C'était aussi simple que ça. Si quelqu'un était un imposteur, déclara le père Noël, c'était bien lui, Willy, et alors il lui fit sa fête : pendant près d'une heure, en termes dépourvus d'ambiguïté, il ser-monna le gamin effrayé et ahuri. Il le traita de simulateur, de poseur et de bourrin sans talent. Et puis, montant la mise, il le traita de zéro, de canule, de tête de nœud et, peu à peu, il abattit le rempart des défenses de Willy et le força à voir la lumière. Willy était au tapis, à ce moment-là, il pleurait toutes les larmes de son corps, demandait grâce et promettait de s'amender. Noël était une réalité, et il n'y aurait pour lui ni vérité ni bonheur tant qu'il n'aurait pas commencé à en adopter l'esprit. Telle serait désormais sa mission dans la vie : incarner le message de Noël chaque jour de l'année, ne rien demander au monde et ne lui don-ner en échange que de l'amour.

Autrement dit, Willy décida de se transformer en saint.

Et c'est ainsi que, William Gurevitch ayant conclu ses affaires en ce monde, un homme nouveau nommé Willy G. Christmas naquit de sa chair. Afin de célébrer l'événement, Willy courut à Manhattan, dès le lendemain matin, et se fit tatouer sur le bras droit une image du père Noël. Ce fut une épreuve pénible, mais il supporta volontiers les aiguilles, triomphant de se savoir désormais porteur d'un signe visible de sa transformation, une marque qu'il garderait sur lui à jamais.

Hélas, quand, rentré à Brooklyn, il montra fièrement à sa mère ce nouvel ornement, Mrs. Gurevitch piqua une colère furieuse, avec crise de larmes et incrédulité rageuse. Ce n'était pas seulement l'idée du tatouage qui la mettait hors d'elle (bien que cela en fît partie, compte tenu que le tatouage était interdit par la loi juive — et compte tenu du rôle qu'avait joué de son vivant le tatouage des peaux juives), c'était ce que représentait *ce tatouage-ci*, et dans la mesure où Mrs. Gurevitch voyait, dans ce père Noël en trois couleurs sur le bras de Willy, un témoignage de trahison et d'incurable folie, la violence de sa réaction était sans doute compréhensible. Jusqu'alors, elle avait réussi à se persuader que son fils finirait par guérir tout à fait. Elle attribuait à la drogue la responsabilité de son état, et pensait que une fois les résidus néfastes chassés de son organisme et son taux sanguin redevenu normal, ce ne serait qu'une question de temps avant qu'il éteigne la télévision et reprenne ses études. Mais là, c'était fini. Un coup d'œil au tatouage, et toutes ces attentes vaines, tous ces espoirs trompeurs se brisèrent à ses pieds comme du verre. Le père Noël venait de l'autre bord. Il appartenait aux presbytériens et aux catholiques romains, aux adorateurs de Jésus et tueurs de Juifs, à Hitler et à tous ces gens-là. Les *goyim* avaient pris possession du cerveau de Willy, et une fois qu'ils s'insinuaient en vous, jamais ils ne vous lâchaient. Noël n'était qu'une première étape. Dans quelques mois, ce serait Pâques, et alors ils ramèneraient leurs croix et se remettraient à parler de meurtre, et il ne faudrait pas longtemps pour que les sections spéciales prennent la porte d'assaut. Elle voyait cette image du père Noël, tel un blason sur le bras de son fils, mais en ce qui la concernait, ç'aurait aussi bien pu être un svastika.

Willy se sentait franchement perplexe. Il n'avait eu aucune mauvaise intention, et dans ce bienheureux état de remords et de conversion où il se trouvait, offenser sa mère était le dernier de ses désirs. Mais il eut beau parler et s'expliquer, elle refusa de l'écouter. Elle le repoussait à grands cris, le traitait de nazi, et comme il s'obstinait à essayer de lui faire comprendre que le père Noël était une incarnation du Bouddha, un être saint dont le message au monde était tout amour et compassion, elle menaça de le renvoyer l'après-midi même à l'hôpital. Ceci rappela à Willy une phrase qu'il avait entendu prononcer par un compagnon de misère à Saint Luke's : « Tant qu'à m'abrutir, je préfère une bonne biture à une lobotomie » — et soudain il sut ce qui l'attendait s'il laissait sa mère agir à sa guise. Alors, au lieu de continuer à fouetter un cheval mort, il enfila son pardessus, sortit de l'appartement et partit en droite ligne vers je ne sais où.

Tel fut le début d'un schéma qui s'installa pour des années. Willy demeurait chez sa mère pendant quelques mois, et puis il s'en allait pendant quelques mois, et puis il revenait. Le premier départ fut sans doute le plus dramatique, ne fût-ce que parce que Willy avait encore tout à apprendre sur la vie errante. Il ne resta parti que peu de temps, et même si Mr. Bones ne fut jamais tout à fait sûr de ce que son maître entendait par « peu de temps », ce qui arriva à Willy pendant ces semaines ou ces mois d'absence fut pour lui la preuve qu'il avait découvert sa véritable vocation. « Ne me dis pas que deux et deux font quatre, déclara-t-il à sa mère lorsqu'il revint à Brooklyn. Comment savons-nous que deux est deux? Voilà la vraie question. »

Le lendemain, il s'attabla et se remit à écrire. C'était la première fois qu'il saisissait un stylo depuis son entrée à l'hôpital, et les mots coulaient de lui comme de l'eau jaillissant d'un tuyau percé. Il s'avéra que Willy G. Christmas était un poète plus doué et plus inspiré que ne l'avait jamais été William Gurevitch, et l'originalité dont manquaient ses premières tentatives était compensée par un enthousiasme du feu de Dieu. *Trente-Trois règles de vie* en constituent un bon exemple. Les premiers vers étaient les suivants :

Jette-toi dans les bras du monde
Et l'air te portera. Retiens-toi
Et le monde te sautera dessus par-derrière.
Joue ton va-tout sur la grand-route des ossements.
Suis la musique de tes pas, et quand les lumières
*   s'éteignent,*
Ne siffle pas — chante.
Si tu gardes les yeux ouverts, tu te perdras toujours.
Donne ta chemise, donne ton or,
Donne tes chaussures au premier inconnu que tu
*   vois.*
Beaucoup viendra de rien
Si tu valses le jitterbug...

Les ambitions littéraires sont une chose, et la façon dont on se comporte dans la vie en est une autre. Les poèmes de Willy avaient changé, sans doute, mais cela ne répondait pas à la question qui se posait : et lui, avait-il changé ? Était-il réellement devenu quelqu'un de nouveau, ou son plongeon dans la sainteté n'avait-il été qu'un élan passager ? S'était-il fourré dans une situation intenable, ou y avait-il de sa nouvelle naissance autre chose à retenir que le tatouage sur son biceps droit et le pseudonyme ridicule qu'il utilisait avec tant de plaisir ? Une réponse honnête serait oui et non, peut-être, un peu des deux. Car Willy était faible, Willy se montrait souvent agressif, et Willy avait tendance à oublier. Il accumulait les mésaventures mentales et, chaque fois que la machine à sous, dans sa tête, s'emballait et tintait, la partie s'annulait. Comment un homme de son étoffe prétendait-il endosser le manteau de la pureté ? Il n'y avait pas seulement qu'il était en train de devenir un poivrot, ni qu'il était menteur jusqu'à la moelle, avec une forte tendance à la paranoïa, il y avait aussi qu'il était trop foutrement drôle pour son propre bien. Quand Willy se mettait à déconner, le père Noël s'en allait en flammes et toutes ses bondieuseries se calcinaient avec lui.

Quoi qu'il en fût, ce serait faux de dire qu'il ne faisait pas d'efforts, et de ces efforts découle une grande partie de notre histoire. Si sa conduite n'était pas toujours à la hauteur de ce qu'il attendait de lui-même, il avait néanmoins un modèle de ce qu'il souhaitait qu'elle fût. Aux rares moments où il parvenait à concentrer ses réflexions et à modérer ses excès dans le département breuvages, Willy démontra qu'aucune action courageuse ou généreuse n'était hors de sa portée. En 1972, par exemple, à des risques non négligeables, il sauva de la noyade une fillette de quatre ans. En 1976, il vint à la rescousse d'un octogénaire victime d'une agression dans la 43e Rue, à New York — et reçut pour sa peine un coup de couteau à l'épaule et une balle dans le mollet. Plus d'une fois, il donna son dernier dollar à un ami dans la débine ; il laissait les amoureux transis et les cœurs brisés pleurer sur son épaule, et au cours des ans il persuada un homme et deux femmes de renoncer à se suicider. Il y avait de bonnes choses dans l'âme de Willy, et dès qu'il les laissait se manifester on oubliait ce qu'il y avait d'autre. Oui, il était pénible, bordélique et dingue, mais quand tout se passait bien dans sa tête Willy était un type exceptionnel, et tous ceux qui croisaient sa route le savaient.

Lorsqu'il parlait à Mr. Bones de ces années-là, Willy avait tendance à s'attarder sur les bons souvenirs et à ignorer les mauvais. Mais qui pourrait lui reprocher de considérer le passé avec sentimentalisme ? Nous faisons tous ça, les chiens comme les gens, et où se trouvait Willy en 1970, sinon dans la fleur de sa jeunesse ? Il avait une santé plus robuste qu'elle ne le serait jamais, les dents intactes, et par-dessus le marché de l'argent à la banque. Une petite somme avait été mise de côté pour lui sur la police d'assurance-vie de son père, et à partir du moment où il put en disposer, à son vingt et unième anniversaire, il resta pourvu en argent de poche pendant une dizaine d'années. Mais, plus et mieux que le privilège de l'argent et de la jeunesse, il y avait le temps historique, l'époque elle-même, l'esprit qui régnait dans le pays quand Willy se lança dans sa carrière de vagabondage. Le territoire était envahi de jeunes en rupture d'école et de famille, de néovisionnaires à longs cheveux, d'anarchistes inadaptés et de marginaux camés. Quelles que fussent les bizarreries dont il était coutumier, Willy ne se distinguait guère d'entre eux. Ça ne faisait jamais qu'un olibrius de plus sur la scène américaine, et où que le mènent ses voyages — à Pittsburgh ou à Plattsburgh, à Pocatello ou à Boca Raton — il se débrouillait pour se lier avec des âmes sœurs à fin de compagnonnage. C'est du moins ce qu'il racontait, et tout compte fait, Mr. Bones ne voyait pas de raison d'en douter.

Ce n'est pas que ses doutes auraient fait la moindre différence. Le chien avait assez d'expérience pour savoir que les bonnes histoires n'étaient pas nécessairement des histoires vraies, et qu'il choisît ou non de croire celles que Willy racontait sur lui-même, cela importait moins que le fait que Willy avait vécu ce qu'il avait vécu, et que les années s'étaient écoulées. C'était cela, l'essentiel, n'est-ce pas ? Les années, le nombre d'années qu'il avait fallu pour passer de jeune à plus-très-jeune, et observer pendant tout ce temps le monde en train de changer autour de soi. Au moment où Mr. Bones se traînait hors du ventre de sa mère, la verte jeunesse de Willy n'était plus qu'un souvenir vague, un tas de compost en train de se désagréger au fond d'un terrain vague. Les fugueurs étaient rentrés l'oreille basse chez papa et maman ; les babas avaient troqué leurs *love beads* contre des cravates de soie ; la guerre était finie. Mais Willy était toujours Willy, le bouffon rimailleur, messager autoproclamé du père Noël, figure lamentable attifée des haillons crasseux de la cloche. Le passage du temps n'avait pas traité avec bienveillance le poète, qui ne se fondait plus tellement bien dans le décor. Il sentait mauvais, il radotait, il prenait les gens à rebrousse-poil, et avec toutes ces blessures par balles et par lames, et la détérioration générale de sa personne physique, il avait perdu sa vivacité, ce chic étonnant qu'il avait auparavant pour esquiver les ennuis. Des inconnus le volaient et le rossaient. On le frappait à coups de pied pendant son sommeil, on mettait le feu à ses livres, on profitait de ses maux et de ses douleurs. Après s'être retrouvé à l'hôpital, à la suite d'une telle rencontre, avec la vision brouillée et une fracture du bras, il se rendit compte qu'il ne pouvait pas continuer comme ça, sans une forme quelconque de protection. Il pensa à un revolver, mais les armes lui faisaient horreur, et il se décida donc pour ce que l'homme connaît de mieux après les armes : un garde du corps à quatre pattes.

Mrs. Gurevitch fut tout sauf ravie, mais Willy tint bon et obtint ce qu'il voulait. Le jeune Mr. Bones fut donc séparé de sa mère et de ses cinq frères et sœurs au refuge pour animaux du North Shore, et emménagea Glenwood Avenue, à Brooklyn. Pour être tout à fait honnête, il ne se rappelait pas grand-chose de ces premiers temps. L'angliche lui paraissait encore un territoire vierge à cette époque, et entre les expressions bizarrement estropiées de Mrs. Gurevitch et la tendance qu'avait Willy à parler en imitant toutes sortes de voix (Gabby Hayes un moment, Louis Armstrong l'instant suivant; Groucho Marx le matin, Maurice Chevalier le soir), il lui fallut plusieurs mois pour en saisir les rudiments. En attendant, il y eut les souffrances de l'apprentissage : les efforts pour contrôler vessie et boyaux, le journal sur le sol de la cuisine, les tapes que Mrs. Gurevitch lui assénait sur le nez chaque fois que quelques gouttes de pipi lui échappaient. C'était une vieille rouspéteuse acariâtre, celle-là, et s'il n'y avait pas eu les mains douces et les mots tendres et rassurants de Willy, la vie dans cet appartement n'aurait pas été une partie de plaisir. L'hiver régnait et comme, en bas, les rues n'étaient que verglas et cuisants grains de sel, Mr. Bones passait quatre-vingt-dix-huit pour cent de son temps à l'intérieur, soit assis aux pieds de Willy tandis que le poète produisait son dernier chef-d'œuvre, soit occupé à explorer les coins et les recoins de son nouveau foyer. L'appartement comportait quatre chambres et demie, et à l'arrivée du printemps Mr. Bones connaissait chaque élément du mobilier, chaque tache sur les tapis, chaque écorchure du linoléum. Il connaissait l'odeur des pantoufles de Mrs. Gurevitch et celle des caleçons de Willy. Il connaissait la différence entre la sonnerie de la porte d'entrée et celle du téléphone, et pouvait distinguer le cliquetis d'un trousseau de clefs de celui des pilules dans une fiole de plastique ; il ne lui fallut pas longtemps pour être à tu et à toi avec chacun des cafards qui habitaient sous l'évier de la cuisine. C'était un train-train monotone, limité, mais comment Mr. Bones l'aurait-il su ? Il n'était qu'un chiot sans cervelle, un nigaud aux pattes folles qui courait après sa queue et mâchouillait sa propre merde, et du moment que cette vie était la seule à laquelle il eût jamais goûté, comment aurait-il pu juger si elle valait ou non la peine d'être vécue ?

Quelle surprise attendait ce petit bâtard ! Quand le temps se réchauffa enfin et que les fleurs ouvrirent leurs boutons, il apprit que Willy n'était pas seulement un casanier scribouillard et un branleur professionnel. Son maître était un homme pourvu d'un cœur de chien. C'était un baladeur, un soldat de fortune prêt à tout, un bipède unique en son genre qui improvisait les règles en cours de route. Ils partirent, tout simplement, un beau matin de la mi-avril, se lancèrent dans le vaste monde et ne remirent plus les pieds à Brooklyn avant le jour précédant Hallowe'en. Quel chien pourrait en demander davantage ? Pour sa part, Mr. Bones se considérait comme la plus chanceuse de toutes les créatures à la surface de la Terre.

Il y avait les périodes d'hivernage, bien sûr, les retours au foyer ancestral, et avec eux les inévitables inconvénients de la vie à l'intérieur : ces longs mois pendant lesquels la vapeur sifflait dans les radiateurs, le chahut infernal de l'aspirateur et des robots culinaires, la monotonie des repas en boîte. Néanmoins, après qu'il en eut pris le rythme, Mr. Bones n'eut plus guère lieu de se plaindre. Il faisait froid dehors, après tout, et dans l'appartement il y avait Willy, et que pouvait-il y avoir de mauvais dans une vie où lui et son maître se trouvaient ensemble ? Même Mrs. Gurevitch semblait, à la longue, s'être laissé attendrir. Une fois réglée la question de la propreté dans la maison, Mr. Bones remarqua que l'attitude de la vieille dame à son égard s'était très nettement adoucie, et bien qu'elle continuât à grommeler à cause des poils dont il parsemait son domaine, il comprenait que le cœur n'y était plus tout à fait. Parfois, elle allait jusqu'à le laisser s'asseoir auprès d'elle sur le canapé du salon, et elle lui caressait doucement la tête d'une main en feuilletant de l'autre les pages d'un magazine, et plus d'une fois elle se confia bel et bien à lui, déchargeant son cœur de tout un assortiment de soucis concernant son fils égaré et enténébré. Quel chagrin il lui causait, et quelle tristesse qu'un garçon aussi doué ait le cerveau aussi dérangé. Mais un demi-fils valait mieux que pas de fils, *farshtaist* ? Et quel choix avait-elle ? Elle ne pouvait que continuer à l'aimer et espérer que les choses s'arrangent. On ne permettrait jamais qu'il soit enterré dans un cimetière juif — ah non, pas avec ce machin bizarre sur son bras — et rien que de savoir qu'il ne reposerait pas à côté de ses parents, c'était pour elle un autre chagrin, un autre tourment obsédant, mais la vie est pour les vivants, n'est-ce pas, et Dieu merci ils étaient tous deux en bonne santé — touchons du bois — ou, en tout cas, pas trop mauvaise, tout bien considéré, et ça c'était, à soi seul, un bonheur, quelque chose dont il fallait être reconnaissant, ça ne s'achète pas au bazar du coin, n'est-ce pas, on ne fait pas de publicité pour ça à la télé. Couleur, noir et blanc, peu importait le genre d'appareil que vous aviez. La vie n'était pas à vendre, et une fois que vous vous trouviez devant la porte de la mort, toutes les nouilles de Chine n'empêcheraient pas cette porte de s'ouvrir.

Ainsi que Mr. Bones le découvrait, les différences entre Mrs. Gurevitch et son fils étaient beaucoup plus petites qu'il ne l'avait d'abord supposé. C'était vrai qu'ils s'affrontaient souvent, et c'était vrai que leurs odeurs n'avaient rien de commun — l'une toute de crasse et de sueur mâle, l'autre un mélange de savon au lilas, de crème Pond's pour le visage et de pâte dentaire à la menthe — mais dès lors qu'il s'agissait de discourir, cette *Mama-san* de soixante-huit ans pouvait tenir tête à n'importe qui, et une fois qu'elle s'abandonnait à l'un de ses interminables monologues, on comprenait sans peine pourquoi son rejeton était devenu un tel champion de la parole. Si les sujets qu'ils évoquaient étaient différents, ils avaient, pour l'essentiel, le même style : de cahoteuses et intarissables coulées d'associations libres, avec de multiples apartés et parenthèses, et un répertoire exhaustif d'effets non verbaux, la gamme complète des claquements de langue, gloussements et autres clapotis glottaux. Auprès de Willy, Mr. Bones découvrit l'humour, l'ironie et l'abondance métaphorique. De *Mama-san*, il reçut d'importantes leçons sur le sens de la vie. Elle lui enseigna l'anxiété et les *tsores,* le poids du monde sur les épaules et — le plus important de tout — les bienfaits d'une bonne crise de larmes de temps en temps.

Comme il clopinait aux côtés de son maître en

ce morne dimanche à Baltimore, Mr. Bones s'étonna d'être en train de penser à tout cela. Pourquoi remonter jusqu'à Mrs. Gurevitch? se demanda-t-il. Pourquoi se remémorer l'ennui des hivers à Brooklyn alors qu'il y avait à considérer tant de souvenirs plus riches et plus revigorants? Albuquerque, par exemple, et leur séjour enchanteur dans cette usine de literie abandonnée, deux années auparavant. Ou Greta, la chienne voluptueuse en compagnie de laquelle il avait batifolé dix nuits de suite dans un champ de maïs aux confins d'Iowa City. Ou cet après-midi dingue, à Berkeley, quatre étés plus tôt, quand Willy avait vendu quatre-vingt-six photocopies d'un même poème, à un dollar pièce, sur Telegraph Avenue? Ça lui aurait fait un bien fou de pouvoir à présent revivre certaines de ces choses, de se retrouver quelque part avec son maître avant le commencement de la toux — ne fût-ce que l'an dernier, ne fût-ce que neuf ou dix mois plus tôt, peut-être même lorsqu'ils pieutaient chez cette nana rondelette avec laquelle Willy s'était collé pendant quelque temps (Wanda, Wendy, un nom de ce genre), la fille qui habitait l'arrière de son break, à Denver, et qui aimait lui donner des œufs durs à manger. C'était une marrante, cette fille-là, un sacré boudin toujours imbibé, toujours en train de rire trop fort, toujours à lui chatouiller le ventre aux endroits sensibles et alors, sitôt que sa pine rose de clébard surgissait de son étui (non que Mr. Bones y vît d'inconvénient, notez bien), elle éclatait de rire de plus belle, riant tellement que son visage passait par quinze nuances de pourpre, et cette petite comédie se répéta si souvent pendant la brève période où ils vécurent avec elle qu'il lui suffisait à présent d'entendre le mot « Denver » pour entendre le rire de Wanda résonner à ses oreilles. Voilà ce qu'était « Denver » pour lui, de même que « Chicago » était un bus qui faisait gicler l'eau d'une flaque de pluie dans Michigan Avenue. De même que « Tampa » était un mur de lumières miroitantes s'élevant de l'asphalte par un après-midi du mois d'août. De même que « Tucson » était un vent brûlant venu du désert, soufflant des parfums de feuilles de genévrier et de *sage-brush*, la soudaine et surnaturelle plénitude des espaces vides.

L'un après l'autre, il s'efforçait de s'attacher à ces souvenirs, de les habiter pendant quelques instants encore tandis qu'ils s'envolaient loin de lui, mais en vain. Il retournait sans cesse à l'appartement de Brooklyn, à la langueur de ces claustrations hivernales, aux pas feutrés de *Mama-san* allant de pièce en pièce, chaussée de ses pantoufles blanches et pelucheuses. Il n'y avait rien d'autre à faire que d'y rester, il s'en rendit compte, et comme il cédait enfin à la force de ces jours et de ces nuits interminables, il comprit qu'il était revenu à Glenwood Avenue parce que Mrs. Gurevitch était morte. Elle avait quitté ce monde, exactement comme son fils était sur le point de le quitter, et, en se remémorant cette première mort, il se préparait sans nul doute à la prochaine, la mort entre toutes les morts, celle qui était destinée à bouleverser le monde, peut-être même à le détruire complètement.

L'hiver avait toujours été la saison du labeur poétique. Willy menait une existence nocturne quand il se retrouvait chez sa mère, il ne commençait généralement sa journée de travail qu'après que Mrs. Gurevitch était allée se coucher. La vie de trimardeur ne laissait pas de place aux rigueurs de la composition. L'allure était trop pressée, l'esprit trop itinérant, les distractions trop continues pour permettre davantage que de rares notations, l'une ou l'autre remarque ou bribe de phrase griffonnée sur une serviette en papier. Durant les mois qu'il passait à Brooklyn, en revanche, Willy consacrait trois ou quatre heures par nuit, à la table de la cuisine, à griffonner ses vers sur un grand cahier à spirale. Tel était du moins le cas lorsqu'il n'était pas parti en goguette, ou à plat, ou dans l'impasse par manque d'inspiration. Il se parlait parfois à voix basse tout en écrivant, faisant sonner les mots avant de les coucher sur le papier, et parfois il allait jusqu'à rire ou gronder ou frapper la table du poing. Au début, Mr. Bones avait cru que ces bruits lui étaient destinés, mais dès qu'il eut compris que de tels débordements faisaient partie du processus créateur, il se contenta de se rouler en boule sous la table et de somnoler aux pieds de son maître en attendant le moment où, sa nuit de travail achevée, celui-ci le sortirait afin qu'il pût se vider la vessie.

Quand même, tout n'était pas que marasme et torpeur, pas vrai ? Même à Brooklyn, il y avait eu quelques temps forts, quelques déviations du train-train littéraire. Si on remontait trente-huit années du calendrier canin, par exemple, on retrouvait la symphonie des odeurs, ce chapitre unique et étincelant des annales de la willitude, quand, de tout un hiver, il n'y avait pas eu un mot d'écrit. Oui, sûrement, c'était le bon temps, se disait Mr. Bones, un temps merveilleux et dingue, et se le rappeler maintenant faisait gicler dans ses veines un chaud courant de nostalgie. Eût-il été capable de sourire, il aurait souri à ce moment. Eût-il été capable de verser des larmes, il aurait versé des larmes. En vérité, si une telle chose avait été possible, il aurait ri et sangloté en même temps — célébré et pleuré en même temps son maître bien-aimé, qui devait bientôt n'être plus.

La symphonie datait de leurs premières années de vie commune. Ils étaient partis deux fois de

Brooklyn, y étaient revenus deux fois, et pendant ce laps de temps Willy s'était pris d'une très vive et très ardente affection pour son ami à quatre pattes. La raison n'en était pas seulement qu'il se sentait désormais protégé, ni qu'il était content d'avoir quelqu'un à qui parler, ni qu'il trouvait réconfortant de se pelotonner la nuit contre un corps chaud, mais aussi qu'après avoir vécu avec le chien dans une telle familiarité pendant tant de mois, Willy l'avait jugé totalement et incorruptiblement bon. Ce n'était pas la simple conviction que le chien avait une âme. C'était, en outre, la certitude que cette âme valait mieux que bien des âmes, et plus Willy la voyait se manifester, plus il y découvrait de raffinement et de noblesse d'esprit. Mr. Bones était-il un ange affublé d'un corps de chien? Willy le pensait. Après dix-huit mois des observations les plus intimes et les plus lucides, il en avait la certitude. Comment interpréter autrement la céleste contrepèterie dont l'écho résonnait nuit et jour dans sa tête? Pour décoder le message, tout ce qu'il y avait à faire, c'était le présenter à un miroir. Existait-il plus évident? Inversez les lettres du mot « dog », et qu'obteniez-vous? La vérité, voilà tout *. L'être le plus bas contenait en son nom l'autorité du plus haut, du tout-puissant artificier de toutes choses. Était-ce pour cela que le chien lui avait été envoyé? Mr. Bones était-il, en réalité, la deuxième manifestation de la force qui lui avait délégué le père Noël en cette nuit de décembre 1967? Peut-être. Et puis aussi, peut-être pas. Pour n'importe qui d'autre, la question serait restée ouverte à discussion. Pour Willy — précisément parce qu'il était Willy — on n'en discutait pas.

* Faut-il le préciser? La contrepèterie en question joue ici avec les mots *dog* (chien) et *God* (Dieu). *(N.d.T.)*

Quoi qu'il en fût, Mr. Bones était un chien. De la pointe de sa queue au bout de sa truffe, un pur spécimen du *Canis familiaris*, et quelque présence divine qu'il pût héberger sous sa peau, il était d'abord et avant tout ce qu'il semblait être. Mister Ouah-Ouah, monsieur Wouf-Wouf, messire Clebs. Comme un plaisantin l'avait fort bien dit à Willy dans un bar de Chicago, quatre ou cinq étés plus tôt, « Tu veux savoir ce que c'est, pour un chien, la philosophie de la vie, mon pote ? Je vais te dire ce que c'est. Une seule phrase brève : Ce que tu ne peux ni manger ni foutre, pisse dessus. »

Ce n'était pas un problème, ça, pour Willy. Qui savait quels mystères théologiques étaient à l'œuvre dans un cas comme celui-ci ? Si Dieu avait envoyé son fils sur Terre sous la forme d'un homme, pourquoi un ange n'y descendrait-il pas sous la forme d'un chien ? Mr. Bones était un chien, et la vérité, c'était que Willy prenait plaisir à cette chiennerie, qu'il se délectait infiniment à observer le spectacle des habitudes canines de son confrère. Willy n'avait encore jamais vécu en compagnie d'un animal. Quand il était petit, ses parents l'avaient rembarré chaque fois qu'il en avait demandé un. Chats, tortues, perroquets, hamsters, poissons rouges — ils refusaient d'en entendre parler. L'appartement était trop petit, disaient-ils, ou les animaux sentaient mauvais, ou ils coûtaient trop cher, ou Willy manquait du sens des responsabilités. Par conséquent, jusqu'à l'arrivée dans sa vie de Mr. Bones, il n'avait jamais eu l'occasion d'observer de près le comportement d'un chien, n'avait jamais vraiment pris la peine d'y réfléchir. Les chiens n'étaient guère pour lui que des présences vagues, des ombres flottant aux lisières de la conscience. Vous évitiez ceux qui aboyaient contre vous, vous caressiez ceux qui vous léchaient. Son savoir n'allait pas plus loin.

Deux mois après son trente-huitième anniversaire, tout cela changea soudain.

Il y avait tant à absorber, tant de signes à assimiler, à déchiffrer et à interpréter que Willy savait à peine où commencer. La queue battante, opposée à la queue entre les pattes. Les oreilles dressées, opposées aux oreilles tombantes. Les roulés-boulés sur le dos, les courses en cercle, les reniflements d'anus et les grognements, les bonds de kangourou et les volte-face en plein saut, la posture d'approche tendue et ramassée, les crocs exhibés, la tête penchée de côté et cent autres détails minuscules, chacun révélateur d'une pensée, d'un sentiment, d'un plan, d'une aspiration. C'était comme l'apprentissage d'une nouvelle langue, découvrit Willy; comme si, tombant par hasard sur une tribu primitive ignorée, on devait décoder les us et coutumes impénétrables de ces gens-là. Une fois surmontées les barrières initiales, ce qui l'intrigua le plus fut l'énigme qu'il appelait le Paradoxe œil-nez, ou le Cens des sens. Willy était un homme et comptait donc avant tout sur la vue pour élaborer sa compréhension du monde. Mr. Bones était un chien, et donc quasiment aveugle. Ses yeux ne lui servaient que dans la mesure où ils lui permettaient de distinguer des formes, de se faire une idée approximative des contours des choses, de savoir si l'objet ou l'être qui se dressait devant lui était un risque à éviter ou un allié à embrasser. Pour une vraie connaissance, pour une authentique intelligence de la réalité dans ses multiples configurations, seul le nez était valable. Tout ce que Mr. Bones savait du monde, tout ce qu'il avait découvert en matière d'intuitions, de passions ou d'idées, il y avait été conduit par son odorat. Au début, Willy en croyait à peine ses yeux. L'avidité que manifestait le chien envers les odeurs paraissait sans limites, et lorsqu'il en avait trouvé une qui l'intéressait, il s'y collait le nez avec une telle détermination, un enthousiasme si jusqu'au-boutiste que le reste du monde cessait d'exister. Ses narines devenaient des tubes suceurs, inhalant les odeurs comme un aspirateur des débris de verre, et parfois — souvent, à vrai dire — Willy s'étonnait de ce que le trottoir ne se fendît pas sous l'action forcenée de la truffe de Mr. Bones. Ce chien qui était en temps normal la plus obligeante des créatures se montrait obstiné et distrait, semblait complètement oublier son maître, et si Willy avait le malheur de tirer sur la laisse avant que Mr. Bones fût disposé à avancer, avant qu'il eût absorbé la pleine saveur de l'étron ou de la flaque d'urine qu'il était en train d'étudier, il se campait sur ses pattes pour résister à la traction et devenait si inamovible, si fermement ancré sur place que Willy se demandait s'il n'avait pas, cachée quelque part sous les pattes, une glande capable de sécréter de la colle sur commande.

Comment n'être pas fasciné par tout cela ? Un chien possédait environ deux cent vingt millions de récepteurs olfactifs, un homme cinq millions seulement, et avec une aussi grande disparité, il était logique de supposer que le monde que percevait un chien était tout à fait différent de celui que percevait un homme. La logique n'avait jamais été le point fort de Willy, mais dans ce cas-ci il était animé par l'amour autant que par la curiosité intellectuelle, et il s'appliquait donc à la question avec plus de persévérance que d'habitude. Que ressentait Mr. Bones lorsqu'il flairait quelque chose ? Et, tout aussi important, pourquoi flairait-il ce qu'il flairait ? Une observation attentive avait amené Willy à la conclusion qu'il existait pour Mr. Bones trois catégories d'intérêts : la nourriture, le sexe, et tous renseignements concernant d'autres chiens. Un homme ouvre le journal du matin afin de s'informer des faits et gestes de ses semblables ; un chien accomplit la même chose avec son nez, en reniflant les arbres, les réverbères et les bornes à incendie afin de se renseigner sur les activités de la gent canine indigène. Rex, le rottweiler aux crocs acérés, a laissé sa marque sur ce buisson ; Molly, la mignonne petite cocker, est en chaleur ; Roger le bâtard a mangé quelque chose qui ne lui convenait pas. Ça, pour Willy, c'était clair, incontestable. Là où les choses se compliquaient, c'était quand on essayait de comprendre ce que ressentait le chien. S'agissait-il d'une simple prudence personnelle, de l'acquisition de renseignements dans le but de garder un pied d'avance sur les autres chiens, ou ces frénétiques festins d'odeurs représentaient-ils davantage qu'une simple tactique militaire ? Le plaisir pouvait-il en faire partie ? La tête enfoncée dans une poubelle, un chien pouvait-il éprouver quelque chose de comparable, disons, au capiteux vertige qui saisit un homme lorsque, le nez dans le cou d'une femme, il respire une bouffée d'un parfum français à quatre-vingt-dix dollars l'once ?

Il était impossible de le savoir avec certitude, mais Willy avait tendance à croire que oui. Pourquoi, sinon, aurait-il été si difficile d'arracher Mr. Bones au site de certaines odeurs ? Le chien prenait du plaisir, voilà pourquoi. Il était en état d'ivresse, perdu dans un paradis olfactif qu'il ne supportait pas de quitter. Et puisque Willy était convaincu, ainsi qu'on l'a déjà établi, que Mr. Bones avait une âme, n'allait-il pas de soi qu'un chien aux inclinations aussi spirituelles devait aspirer à des choses plus élevées — des choses pas nécessairement liées aux besoins et aux envies du corps, mais des choses de l'esprit, des choses artistiques, les appétits immatériels de

l'âme ? Et si, comme l'ont noté tous les philo-
sophes à ce sujet, l'art est une activité humaine
qui se sert des sens pour atteindre l'âme, n'allait-il
pas de soi également que les chiens — en tout cas
les chiens du calibre de Mr. Bones — étaient sus-
ceptibles d'éprouver de semblables émotions artistiques ? Ne seraient-ils pas, en d'autres termes,
capables d'apprécier l'art ? A ce que Willy en
savait, personne n'y avait encore jamais pensé.
Cela faisait-il de lui le premier homme dans l'histoire connue qui crût possible une chose pareille ?
Sans importance. C'était une idée dont l'heure
était venue. Si les chiens se trouvaient en dehors
du champ de la peinture à l'huile et du quatuor à
cordes, qui pouvait affirmer qu'ils ne réagiraient
pas à un art fondé sur l'odorat ? Pourquoi pas un
art olfactif ? Pourquoi pas un art pour chiens, trai-
tant du monde tel que les chiens le connaissaient ?
   Ainsi débuta l'hiver fou de 1988. Mr. Bones
n'avait jamais vu Willy aussi passionné, aussi
calme, rempli d'une énergie aussi constante. Pendant trois mois et demi, il travailla sur ce projet à
l'exclusion de toute autre chose, se souciant à
peine de fumer ou de boire, ne dormant que
lorsqu'il en ressentait le besoin absolu, oubliant
pratiquement d'écrire, de lire ou de se curer le
nez. Il traça des plans, dressa des listes, expéri-
menta des odeurs, établit des diagrammes, éla-
bora des structures à l'aide de bois, de toile, de
carton et de plastique. Il y avait tant de calculs à
résoudre, tant d'essais à faire, il fallait trouver une
réponse à tant de questions décourageantes. Quel
était l'ordre idéal de succession des odeurs ?
Quelle devait être la durée d'une symphonie, et
combien d'odeurs devait-elle comporter ? Quelle
forme convenait-il de donner à la salle de concert ?
Fallait-il la construire comme un labyrinthe, ou
une série de cases les unes dans les autres serait-

elle mieux adaptée à la sensibilité d'un chien ? Le chien devrait-il assurer seul l'exécution, ou le maître du chien devrait-il se trouver là pour le guider d'une étape à l'autre du programme ? Fallait-il que chaque symphonie tourne autour d'un sujet unique — la nourriture, par exemple, ou les senteurs femelles — ou que des éléments divers soient mêlés ? L'un après l'autre, Willy discutait de ces problèmes avec Mr. Bones ; il lui demandait son opinion, sollicitait son avis et implorait sa bonne volonté à servir de cobaye dans ses multiples essais et expériences. Le chien s'était rarement senti aussi honoré, aussi impliqué au cœur palpitant des affaires humaines. Non seulement Willy avait besoin de lui, mais encore ce besoin avait été inspiré par Mr. Bones lui-même. De son humble origine de bâtard dépourvu de valeur ou de distinction particulières, il était passé chien entre les chiens, archétype de toute la race canine. Bien sûr, il était heureux de participer, de jouer, quel qu'il fût, le rôle que Willy attendait de lui. Quelle différence cela faisait-il s'il ne comprenait pas très bien ? Il était un chien, pas vrai, et pourquoi diable aurait-il refusé de flairer un paquet de chiffons imprégnés d'urine, de se faufiler par une porte étroite ou de ramper dans un tunnel aux murs enduits des reliefs d'un plat de spaghettis aux boulettes de viande ? Cela ne servait à rien, sans doute, mais, la vérité, c'est que c'était amusant.

C'était cela qui lui revenait, maintenant : l'amusement, l'élan ininterrompu de l'exaltation de Willy. Oubliés, *Mama-san* et ses commentaires sarcastiques. Oublié, le fait que leur laboratoire se trouvait au dernier sous-sol de l'immeuble, à côté de la chaudière et des tuyaux de décharge, et qu'ils travaillaient sur un sol glacé, en terre battue. Ils collaboraient à quelque chose d'important et en supportaient ensemble les difficultés au nom du progrès scientifique. S'il y avait parfois quelque chose à regretter, ce n'était que la profondeur de l'engagement de Willy dans leur entreprise. Il était si absorbé, si préoccupé des multiples rouages du projet, qu'il avait de plus en plus de mal à garder le sens des proportions. Un jour, il parlait de son invention comme d'une découverte majeure, une révolution comparable à l'ampoule électrique, l'avion ou la puce électronique. Elle allait leur rapporter des fortunes, disait-il, les rendre plusieurs fois millionnaires, et ils n'auraient plus jamais le moindre souci à se faire. Et puis, d'autres jours, rempli soudain de doutes et d'incertitudes, il présentait à Mr. Bones des arguments si finement analysés, d'une exactitude si pointilleuse, que le chien se sentait pris de craintes pour la santé de son maître. N'était-ce pas pousser les choses un peu loin, demanda Willy, un soir, que d'inclure des senteurs femelles dans l'orchestration des symphonies ? Ces odeurs ne réveilleraient-elles pas la lubricité du chien qui les reniflerait, et cela ne nuirait-il pas à leurs aspirations esthétiques, en transformant l'œuvre en une pièce pornographique, une sorte de cochonceté pour chiens ? Aussitôt après cette déclaration, Willy recommença à jouer avec les mots, ce qui lui arrivait chaque fois que son cerveau fonctionnait à plein régime. *Cure porn with corn*, marmonnait-il tout en allant et venant sur la terre battue, *pure corn will cure porn* *. Une fois débrouillés les nœuds de la contrepèterie, Mr. Bones comprit que Willy voulait dire que le sentimentalisme était préférable au sexe, du moins en ce qui concernait la symphonie, et que, pour rester fidèle à la tentative

* Jeu sur les mots *cure*, guérir; *porn*, porno; *pure*, pur; et *corn*, qui désigne un sentimentalisme extrême. *(N.d.T.)*

d'offrir aux chiens un plaisir esthétique, il faudrait mettre l'accent sur les désirs spirituels plutôt que sur ceux de la chair. Par conséquent, après s'être pendant deux semaines complètes frotté le museau sur des serviettes et des éponges saturées des arômes de chiennes en chaleur, Mr. Bones se vit proposer un ensemble instrumental entièrement nouveau : Willy en personne, sous tous ses aspects vaporeux. Chaussettes sales, gilets de corps, chaussures, mouchoirs, pantalons, foulards, chapeaux — tout et n'importe quoi pourvu que cela sentît son maître. Mr. Bones prit plaisir à ces choses, de même qu'il en avait pris aux autres. Car le fait est que Mr. Bones était un chien, et que les chiens aiment flairer ce qu'on leur donne à flairer. C'est dans leur nature ; ils sont nés pour faire cela ; c'est, comme Willy l'avait très bien observé, leur vocation dans la vie. Pour une fois, Mr. Bones se félicitait ne n'avoir pas le don de la parole humaine. S'il l'avait eu, il aurait été obligé de dire la vérité à Willy, et ça lui aurait fait beaucoup de peine. Pour un chien, aurait-il dit, pour un chien, cher maître, la vérité c'est que l'univers entier est une symphonie d'odeurs. Chaque heure, chaque minute, chaque seconde de son existence éveillée est une expérience à la fois physique et spirituelle. Il n'y a aucune différence entre le dedans et le dehors, rien ne sépare le plus élevé du plus bas. C'est comme si, comme si...

Alors même qu'il commençait à déployer dans sa tête ce discours imaginaire, Mr. Bones fut interrompu par le son de la voix de Willy. « Bordel, entendit-il. Bordel et bordel de bordel ! » Mr. Bones releva brusquement la tête pour voir ce qui se passait. Une pluie fine avait commencé à tomber, un crachin si ténu que Mr. Bones ne l'avait même pas senti se poser sur sa fourrure ébouriffée. Mais de petites perles d'humidité scintillaient sur la barbe de Willy, et le T-shirt noir du maître en avait déjà absorbé assez pour être couvert d'un réseau de petits points. Ça n'augurait rien de bon. La dernière chose qu'il fallait à Willy, c'était de se faire tremper, mais si le ciel lâchait ce qu'il semblait promettre, c'était exactement ce qui allait se passer. Mr. Bones scruta les nuages au-dessus d'eux. Sauf changement de vent soudain, dans moins d'une heure la légère ondée aurait pris les proportions d'une formidable averse. Malédiction ! se dit-il. Quel chemin leur restait-il à parcourir avant de trouver Calvert Street ? Il y avait bien vingt minutes, une demi-heure, qu'ils se traînaient dans le quartier, et la maison de Béa Swanson n'était toujours pas en vue. S'ils n'y arrivaient pas bientôt, ils n'y arriveraient pas du tout. Ils n'y arriveraient pas, parce que Willy n'aurait plus la force de continuer.

Dans cette situation dramatique, la dernière chose à laquelle s'attendait Mr. Bones était que son maître se mît à rire. Mais c'était bien lui, grondant depuis les profondeurs du ventre de Willy pour éclater dans le silence dominical : le vieux ha ha ha familier. Il crut un instant que Willy essayait peut-être de se racler la gorge, mais quand le premier ha ha ha fut suivi d'un autre ha ha ha et puis d'un autre, et puis encore d'un autre, il ne put plus douter de ce que lui disaient ses oreilles.

« Vise-moi ça, vieux frère », lança Willy, affectant son meilleur nasillement de cow-boy. C'était une voix réservée aux grandes occasions, un accent auquel Willy n'avait recours que lorsqu'il se trouvait en présence des plus énormes, des plus vertigineuses ironies de l'existence. Si ahuri qu'il fût de l'entendre en cet instant, Mr. Bones tenta de reprendre courage devant ce revirement soudain du climat émotionnel.

Willy s'était immobilisé sur le trottoir. Tout autour d'eux, le quartier puait la pauvreté et les ordures non ramassées, et pourtant où étaient-ils arrêtés sinon devant la plus ravissante petite maison que Mr. Bones eût jamais vue, un édifice aux dimensions d'un jouet, construit en briques rouges et orné de persiennes vertes, d'un seuil de trois marches vertes et d'une porte peinte d'un blanc éclatant. Il y avait une plaque fixée au mur, et Willy se penchait en plissant les yeux pour la déchiffrer, en parlant d'une voix qui ressemblait de plus en plus, à chaque seconde qui passait, à celle d'un ouvrier de ranch texan.

« 203 North Amity Street, récitait-il. Résidence d'Edgar Allan Poe, 1832 à 1835. Ouvert au public d'avril à décembre, du mercredi au samedi, de midi à quinze heures quarante-cinq. »

A Mr. Bones, tout ça ne paraissait pas bien grisant, mais qui était-il pour trouver à redire aux enthousiasmes de son maître? Willy avait l'air plus inspiré qu'à aucun moment des deux dernières semaines, et même si sa récitation fut suivie d'une nouvelle et brutale quinte de toux (encore des crachats, encore des spasmes, encore des piétinements tandis qu'il s'accrochait avec l'énergie du désespoir au tuyau d'écoulement de la gouttière), il se reprit rapidement après le passage de la crise.

« On a mis dans le mille, mon petit pote, déclara Willy en crachant les dernières bribes de flegme et de tissu pulmonaire. C'est pas la maison de Miss Béa, ça c'est sûr, mais qu'on me laisse le choix, y a pas un endroit au monde où je préférerais me trouver. Ce gars Poe, c'était mon grand-père, notre immense aïeul et papa à tous, nous autres scribouillards yankees. Sans lui, y aurait pas eu de moi, ni d'eux, ni de personne. On est arrivés au pays de Poe, et si tu veux bien y réfléchir, c'est dans ce même pays qu'était née ma pauvre mère. Le pays de Poe, *Poe-land*, la Poe-logne. C'est un ange qui nous a conduits ici, et j'ai l'intention d'y rester assis un moment pour rendre hommage. Vu que je me sens pas capable de faire un pas de plus, de toute façon, je te serais bien obligé de te joindre à moi, Mr. Bones. C'est ça, installe-toi à côté de moi pendant que je me repose les quilles. T'en fais pas pour la pluie. C'est jamais que quelques gouttes, c'est tout, elles nous veulent pas de mal. »

Willy poussa un long soupir laborieux et puis se laissa aller sur le sol. C'était pour Mr. Bones une chose douloureuse à observer — tant d'effort pour se déplacer de quelques pouces — et le cœur du chien s'enfla de pitié à voir son maître dans un état aussi lamentable. Il ne fut jamais tout à fait certain de la façon dont il le sut, mais en regardant Willy se baisser jusqu'au trottoir et s'y asseoir, le dos appuyé au mur, il comprit qu'il ne se relèverait jamais. C'était la fin de leur vie commune. Les derniers instants étaient là, et il n'y avait rien d'autre à faire désormais que de rester assis jusqu'à ce que la lumière s'éteignît dans les yeux de Willy.

Et pourtant, le voyage n'avait pas si mal tourné. Ils étaient arrivés en cherchant une chose et en avaient trouvé une autre, et en définitive Mr. Bones préférait, de ces deux choses, celle qu'ils avaient trouvée. Ils n'étaient plus à Baltimore, ils étaient en Pologne. Par un miracle du sort ou du destin, ou de la justice divine, Willy avait réussi à se ramener chez lui. Il était revenu au pays de ses ancêtres, et il pouvait à présent reposer en paix.

Mr. Bones leva sa patte arrière gauche et se mit à s'occuper d'une démangeaison qu'il avait derrière l'oreille. Au loin, il aperçut un homme et une petite fille qui marchaient lentement dans la direction opposée, mais il ne se soucia pas d'eux. Ils allaient venir, ils allaient s'éloigner, et peu importait qui ils étaient. La pluie tombait plus dru à présent, et une petite brise commençait à bousculer les emballages de bonbons et les sacs en papier dans la rue. Il renifla l'air une fois, deux fois, et puis bâilla sans raison particulière. Au bout d'un moment, il se roula en boule sur le sol à côté de Willy, poussa un profond soupir, et attendit qu'arrive ce qui devait arriver.

II

Il n'arriva rien. Pendant un temps infini, on eût dit que tout le voisinage avait cessé de respirer. Pas un piéton ne passa, pas une voiture, personne ne franchit le seuil d'une maison pour y entrer ou en sortir. La pluie tombait à verse, exactement comme Mr. Bones l'avait prévu, mais ensuite elle diminua, redevint progressivement crachin, et enfin quitta la scène avec discrétion. Willy ne remua pas un muscle durant toute cette agitation céleste. Il restait affalé contre le mur de briques, les yeux fermés et la bouche entrouverte, et sans les grincements rouillés qui émergeaient par intermittence de ses poumons, Mr. Bones aurait bien pu supposer que son maître avait déjà glissé vers l'autre monde.

C'était là qu'on s'en allait après la mort. Une fois l'âme séparée du corps, le corps était enseveli dans la terre et l'âme s'envolait vers l'autre monde. Il y avait plusieurs semaines que Willy rabâchait à ce sujet, et il n'y avait plus désormais dans l'esprit du chien le moindre doute quant à la réalité de cet autre monde. On l'appelait Tombouctou et, d'après toutes les indications que Mr. Bones avait pu rassembler, il se trouvait quelque part au milieu d'un désert, loin de New York ou de Baltimore, loin de Pologne ou de toutes les autres villes qu'ils avaient visitées au cours de leurs voyages. A un moment donné, Willy l'avait décrit comme « une oasis pour les esprits ». A un autre, il avait dit : « Là où s'achève la carte de ce monde, c'est là que commence celle de Tombouctou. » Pour y arriver, il fallait apparemment traverser un immense royaume de sable et de chaleur, un royaume d'éternel néant. Le voyage semblait à Mr. Bones bien difficile et désagréable, mais Willy lui affirmait que non, qu'on pouvait en un clin d'œil couvrir la distance entière. Et une fois qu'on se trouvait là, disait-il, dès qu'on avait traversé les frontières de ce refuge, on n'avait plus besoin de se soucier de manger, de dormir la nuit ou de se vider la vessie. On ne faisait plus qu'un avec l'univers, on n'était plus qu'une particule d'antimatière logée dans le cerveau de Dieu. Mr. Bones avait de la peine à imaginer à quoi pourrait ressembler la vie dans un endroit pareil, mais Willy en parlait avec une telle ferveur, d'une voix où se réverbéraient de tels élans de tendresse que le chien avait fini par renoncer à ses inquiétudes. Tom-bouc-tou. A présent, le son de ce mot suffisait à le rendre heureux. Cette combinaison rudimentaire de voyelles et de consonnes manquait rarement de l'émouvoir au plus profond de l'âme, et chaque fois que ces trois syllabes déboulaient sur la langue de son maître, une vague de sérénité et de bien-être lui parcourait le corps entier — comme si le mot était à lui seul une promesse, une garantie de jours meilleurs en perspective.

Peu importait la chaleur qu'il faisait là-bas. Peu importait qu'il n'y eût rien à manger, à boire ni à flairer. Si c'était là qu'allait Willy, c'était là qu'il voulait aller, lui aussi. Quand le moment viendrait pour lui de se séparer de ce monde, il ne paraissait que juste qu'il fût autorisé à résider dans l'au-delà en compagnie de celui qu'il avait aimé dans l'en-deçà. Les bêtes sauvages avaient sûrement leur Tombouctou à elles, des forêts géantes où elles étaient libres d'errer sans la menace de bipèdes chasseurs et trappeurs, mais les lions et les tigres étaient différents des chiens, et il aurait semblé déraisonnable de mêler dans l'après-vie animaux domestiqués et non domestiqués. Les forts dévoreraient les faibles, et en un rien de temps tous les chiens de l'endroit seraient morts, expédiés vers encore une autre après-vie, un au-delà au-delà de l'au-delà, et quel sens un tel arrangement aurait-il? S'il y avait une justice en ce monde, si le dieu chien avait la moindre influence sur ce qui arrivait à ses créatures, alors le meilleur ami de l'homme devait demeurer aux côtés de l'homme après que ledit homme et ledit meilleur ami avaient l'un et l'autre fermé leurs parapluies. De plus, à Tombouctou, les chiens seraient capables de parler le langage de l'homme et de converser avec lui d'égal à égal. C'était là ce que dictait la logique, mais qui savait si la justice et la logique avaient plus cours dans l'autre monde que dans celui-ci? Willy avait, curieusement, négligé d'aborder cette question, et parce que le nom de Mr. Bones n'avait pas été prononcé une seule fois, pas *une seule fois* dans toutes leurs conversations à propos de Tombouctou, le chien n'avait aucune idée de la destination qui serait la sienne après son propre trépas. Et s'il s'avérait que Tombouctou était l'un de ces endroits pleins de tapis précieux et d'objets de collection? Qu'on n'y admettait pas les animaux de compagnie? Cela semblait impossible, et pourtant Mr. Bones avait vécu assez longtemps pour savoir que tout était possible, que des choses impossibles, il s'en passait tout le temps. Ceci était peut-être l'une d'entre elles, et à ce *peut-être* étaient suspendues mille craintes et douleurs, une inconcevable horreur qui le saisissait chaque fois qu'il y pensait.

Et puis, contre toute vraisemblance, alors même que Mr. Bones allait une fois de plus se laisser envahir par la frousse, le ciel commença de s'éclaircir. Non seulement la pluie avait cessé, mais les nuages amassés là-haut s'écartaient lentement, eux aussi, et tandis qu'une heure plus tôt tout était gris et sombre, le ciel à présent se teintait d'un méli-mélo de couleurs, un panaché de rayures roses et jaunes qui arrivaient de l'ouest et avançaient irrésistiblement sur la largeur de la ville.

Mr. Bones leva la tête. L'instant d'après, comme si un lien secret unissait ces deux actions, un rayon de lumière oblique traversa les nuages. Il tomba sur le trottoir à un ou deux pouces de la patte gauche du chien et puis, presque aussitôt, un autre rayon atterrit à sa droite. Un chassé-croisé de lumière et d'ombre se formait devant lui sur les dalles, et il trouva que c'était une chose belle à contempler, un cadeau inattendu sur les talons de tant de tristesse et de douleur. Il regarda Willy, et au moment précis où il tournait la tête, un grand faisceau de lumière inonda le visage du poète et cette lumière était si intense lorsqu'elle frappa les paupières de l'homme endormi que ses yeux s'ouvrirent involontairement — et voilà que Willy, quasi trépassé un instant plus tôt, était revenu au pays des vivants et s'efforçait de déchirer les brumes du sommeil.

Il toussa une fois, et puis une autre, et puis une troisième fois avant d'être pris d'une crise prolongée. Témoin impuissant, Mr. Bones voyait les particules de flegme s'envoler de la bouche de son maître. Certaines atterrissaient sur la chemise de Willy, d'autres sur le pavé. D'autres encore, les plus grasses et les plus gluantes, glissaient lentement sur son menton. Elles restaient là, accrochées à sa barbe telles des nouilles, et comme la crise se poursuivait, ponctuée de secousses, d'embardées et de flexions du haut du corps, elles ballottaient et tressautaient en une folle danse syncopée. Mr. Bones se sentit stupéfait de la férocité de cette crise. Sûrement, c'était la fin, pensat-il, c'était la limite de ce qu'un homme peut supporter. Mais Willy avait encore de la ressource, et lorsqu'il se fut frotté le visage avec la manche de son veston et eut réussi à reprendre haleine, il offrit à Mr. Bones la surprise d'un large sourire, un sourire quasi béat. En manœuvrant avec beaucoup de difficulté, il s'installa dans une position plus confortable, le dos appuyé contre le mur de la maison et les jambes étendues devant lui. Dès que son maître fut immobile, Mr. Bones posa la tête sur sa cuisse droite. Quand Willy tendit la main et se mit à lui caresser le sommet du crâne, un certain calme revint dans le cœur brisé du chien. Ce n'était que temporaire, évidemment, une simple illusion, mais ça faisait tout de même du bien.

« Prêtez l'oreille, citoyen Clebs, dit Willy. Ça commence. Les choses dégringolent maintenant. L'une après l'autre, elles dégringolent, et il n'en reste que d'étranges, des choses minuscules d'autrefois, pas du tout celles auxquelles je m'attendais. Je ne peux pas dire que j'ai peur, pourtant. Je suis un peu triste, un peu contrarié d'être obligé de faire déjà ma sortie, mais je ne chie pas dans mon froc, comme j'avais craint de le faire. Prépare tes bagages, amigo. On est en route vers le point où on se quitte, et on ne fera pas demi-tour. Tu me suis, Mr. Bones ? Tu es avec moi, jusqu'ici ? »

Mr. Bones le suivait, et Mr. Bones était avec lui.

« J'aimerais pouvoir te résumer ça en quelques mots choisis, continua le mourant, mais je ne peux pas. Épigrammes incisives, perles de sagesse succinctes, Polonius lançant ses dernières répliques. Je n'ai pas ce talent. Ne sois ni emprunteur ni prêteur ; un point fait à temps en évite cent. Il y a un trop grand foutoir dans le grenier, Bonesy, et tu devras être patient avec moi pendant que je divague et digresse. On dirait que c'est dans la nature des choses si je m'embrouille. Même maintenant, au moment d'entrer dans la vallée de l'ombre de la mort, mes pensées s'engluent dans les gadoues de naguère. C'est ça qui cloche, signore. Tout ce fourbi dans ma tête, cette poussière et ce bric-à-brac, ces gadgets inutiles qui encombrent les étagères. La vérité, mon bon monsieur, c'est que je ne suis qu'un ours de peu de cervelle.

« En guise de preuve, je t'offre le retour de la lotion coiffante *O'Dell's Hair Trainer*. Il y a quarante ans que ce truc-là a disparu de mon existence, et maintenant, le dernier jour de ma vie, il se repointe. J'ai soif d'idées profondes, et qu'est-ce qui m'arrive : ce factoïde insignifiant, cette microbavure sur l'écran de la mémoire. Ma mère me frictionnait les cheveux avec ça quand je n'étais qu'un minot, un petit môme de rien du tout. On le trouvait chez les coiffeurs du quartier, vendu dans une bouteille de verre blanc à peu près grande comme ça. Le goulot était noir, je crois, et sur l'étiquette on voyait l'image d'un gamin qui souriait d'un air idiot. Le nigaud idéal, plein de santé, avec des cheveux impeccablement lisses. Pas d'épis sur cette tête d'andouille, pas une fausse note pour ce joli monsieur. J'avais cinq ou six ans, et tous les matins ma mère m'appliquait le traitement avec l'espoir de me voir ressembler à son frère jumeau. J'entends encore le glou-dou-glop que faisait cette glu en sortant de la bouteille. C'était un liquide blanchâtre, translucide, poisseux au toucher. Une espèce de sperme allongé d'eau, j'imagine, mais qui savait ces choses-là à l'époque ? On devait le fabriquer en payant des adolescents pour décharger dans des cuves. C'est comme ça qu'on fait fortune dans notre grand pays. Un penny pour produire, un dollar pour acheter, t'as plus qu'à calculer. Donc ma Polonaise de mère me frictionnait le crâne avec ce truc-là, peignait mes mèches désobéissantes, et puis m'envoyait à l'école avec la même gueule que ce connard sur la bouteille. Je serais américain, nom de bleu, et cette chevelure témoignait de mon appartenance, prouvait que mes parents savaient ce qui se fait, eh merde !

« Avant que tu ne t'effondres en larmes, mon ami, laisse-moi te dire qu'*O'Dell*, c'était une concoction bidon, de la frime. Ça coiffait pas les cheveux, ça les collait pour les soumettre. Pendant la première heure, ça avait l'air de marcher, et puis au fur et à mesure que la matinée avançait, la colle se solidifiait et ma tignasse se transformait peu à peu en une masse de fils rigides, comme enrobés de résine époxy — comme si on m'avait plaqué sur la tête un bonnet fait de ressorts métalliques. C'était un contact si bizarre que je ne pouvais pas m'empêcher d'y toucher. Pendant que ma main droite, bien serrée sur le crayon, s'occupait des deux plus trois et des six moins cinq, ma main gauche filait vers le nord pour palper et tripoter la surface étrangère de mon crâne. En milieu d'après-midi, le produit était si sec, si complètement débarrassé de toute humidité que chaque cheveu enrobé ressemblait à un fil raide et cassant. C'était le moment que j'attendais, le signe que le dernier acte de la farce allait commencer. Brin par brin, j'attrapais à la base les cheveux plantés dans mon crâne, les pinçais entre le pouce et le majeur et tirais. Lentement. Très lentement, en raclant chaque cheveu avec mes ongles sur toute sa longueur. Ah ! Les satisfactions étaient immenses, incalculables. Toute cette poudre qui s'envolait de ma tête. Les tempêtes, les blizzards, les tourbillons de blancheur. Ce n'était pas une mince affaire, je te le dis, mais petit à petit toute trace de la lotion *O'Dell* disparaissait. Le fait était défait, et quand enfin, la dernière sonnerie ayant retenti, le maître nous renvoyait chez nous, mon cuir chevelu picotait de plaisir. C'était aussi bon que le sexe, old man, aussi bon que toutes les drogues et que tous les alcools que j'ai jamais absorbés. Cinq ans, que j'avais, et chaque jour une nouvelle orgie de retour à moi-même ! Pas étonnant si j'écoutais mal à l'école. J'étais bien trop occupé à me tâter, trop occupé des délices d'*O'Dell*.

« Mais assez. Assez de ces misères. Assez de *Miserere*. La lotion coiffante n'est que le sommet de l'iceberg, et si je me lance dans ce fatras remonté de l'enfance, on en a pour seize heures au moins. On n'a pas de temps pour tout ça, hein ? Ni pour l'huile de foie de morue, ni pour le fromage blanc, ni pour le porridge grumeleux, ni pour le chewing-gum noir. On a tous été élevés avec ces trucs-là, mais maintenant c'est fini, pas vrai ? et on s'en fout, de toute façon. Un décor, pas plus. Musique de fond. Poussière de *Zeitgeist* sur le mobilier mental. Je peux retrouver cinquante et un mille détails, et alors ? Ça ne nous servira à rien, ni à toi ni à moi. Comprendre ! C'est ça que je veux, mon pote. La clef de l'énigme, la formule secrète après quatre décennies et le reste à tâtonner dans le noir. Et tout le temps, me voilà empêtré dans ce fouillis. Alors même que j'en suis à mon dernier souffle, ça m'étouffe. Des bribes de savoir inutiles, des souvenirs dont j'ai rien à foutre, graines de pissenlit au gré du vent. Ça fuit et ça vole, mon garçon, une pleine bolée d'air. La vie et l'époque de R. Mutt. Eleanor Rigby. Rum-

pelstiltskin. Qui se soucie de ces foutaises ? Les
Pep Boys, les Ritz Boys, Rory Calhoun. Le capi-
taine Video et les Four Tops. Les Andrews Sisters,
Life et *Look,* les jumeaux Bobbsey. On n'en finirait
pas ! Henry James et Jesse James, Frank James et
William James. James Joyce. Joyce Cary. Cary
Grant. Grand embarras de fouets à champagne et
de fil dentaire, de gomme à mâcher et de beignets
au miel. Effacez Dana Andrews et Dixie Dugan, et
puis ajoutez Damon Runyon et le rhum-démon
pour faire bonne mesure. Oubliez les Pall Mall et
les *shopping malls,* Milton Berle et Burl Ives, le
savon Ivory et la pâte à crêpes prête à cuire de
Tante Jemima. J'en ai pas besoin, pas vrai ? Pas là
où je vais, non, et pourtant ils sont tous là, en
train de m'envahir la cervelle, tels des frères
depuis longtemps disparus. Voilà bien le savoir-
faire américain. Ça ne cesse pas d'arriver, et à
chaque instant de la camelote neuve vient chasser
la vieille camelote. Tu pourrais penser qu'on a
saisi, maintenant, qu'on a pigé leurs combines,
mais les gens n'en ont jamais assez. Ils applau-
dissent, ils agitent des drapeaux, ils engagent des
fanfares. Oui, oui, des choses admirables, des
choses miraculeuses, des machines qui font vacil-
ler l'imagination, mais n'oublions pas, non,
n'oublions pas que nous ne sommes pas seuls au
monde. Le savoir-faire ignore les frontières, et
quand tu penses à l'abondance qui nous vient
d'au-delà des mers, ça te rabat le caquet d'un cran
ou deux et ça te remet à ta place. Je pense pas seulement à des choses évidentes comme les dindes
d'Inde ou le chili du Chili. Je veux dire aussi les
danses de France, les peignes d'Espagne, le talent
d'Italie, les chèques de Tchéquie et les grâces de
Grèce. Le patriotisme a son rôle à jouer, mais à
longue échéance c'est un sentiment qu'il vaut
mieux conserver dans son emballage. Oui, nous

autres Yankees on a donné au monde le zip et le Zippo, sans parler de *zip-a-dee-doo-dah* ni de Zeppo Marx, mais on est responsables aussi de la bombe H et du *hula hoop*. Tout ça s'équilibre à la fin, non ? Juste quand tu te figures que t'es le roi, tu t'aperçois que t'es moins qu'un chien. Et je parle pas de toi, Mr. Bones. Le chien comme métaphore, si tu saisis mon idée, le chien en tant que symbole des opprimés, et toi t'as rien d'un trope, mon gars, t'es tout ce qu'y a de plus réel.

« Mais ne t'y trompe pas. Il y en a trop là-dedans pour qu'on ne soit pas tenté. L'attrait du détail, je veux dire, les séductions de la chose-en-soi. Faudrait être aveugle pour ne pas céder de temps en temps. Peu importe à quoi. Prends un objet quelconque, et il y a des chances qu'on puisse en dire du bien. La splendeur des roues de bicyclette, par exemple. Leur légèreté, leur élégance arachnéenne, leurs jantes étincelantes et la minceur de leurs rayons. Ou le fracas que fait une plaque d'égout au passage d'un camion à trois heures du matin. Sans oublier l'élasthanne, qui en a sans doute fait davantage pour enjoliver le paysage que n'importe quelle invention depuis les fils de téléphone souterrains. Je veux parler des pantalons en élasthanne plaqués sur les culs des minettes qui marchent devant toi dans la rue. Dois-je en dire plus ? Faudrait être mort pour rester froid là-devant. Ça se précipite et ça plonge sur toi, ça se baratte sans arrêt dans ta tête jusqu'à ce que tout se fonde en un onctueux limon. Vasco de Gama et ses culottes bouffantes. Le fume-cigarette de F.D. Roosevelt. La perruque poudrée de Voltaire. Cunégonde ! Cunégonde ! Pense à ce qui se passe quand tu dis ça. Vois ce que tu dis quand tu le penses. Cartographie. Pornographie. Sténographie. Stentors bégayants, putes épiscopaliennes, glaces au caramel et flocons de maïs glacés. Je reconnais que j'ai succombé au charme de ces choses aussi volontiers qu'un autre et je ne me sens en rien supérieur à la gueusaille à laquelle je me suis frotté pendant voilà tant d'années. Je suis humain, non ? Et si ça fait de moi un hypocrite, eh bien tant pis.

« Parfois, on ne peut que s'incliner avec respect. Quelqu'un découvre un truc auquel personne n'avait jamais pensé, une idée si simple et si parfaite qu'on se demande comment le monde avait jamais pu s'en passer. La valise à roulettes, par exemple. Comment cela a-t-il pu nous prendre aussi longtemps ? Pendant trente mille ans, nous avons trimbalé nos fardeaux avec nous en suant et en soufflant chaque fois que nous nous déplacions d'un endroit à un autre, et il n'en est jamais résulté que muscles endoloris, dos foutus, épuisement. Je veux dire : c'est pas comme si on n'avait pas eu la roue, pas vrai ? C'est ça qui me sidère. Pourquoi avons-nous dû attendre jusqu'à la fin du XXe siècle que ce bidule voie la lumière du jour ? Au minimum, on pourrait penser que les patins à roulettes auraient inspiré quelqu'un qui aurait fait le rapprochement, trouvé la solution. Mais non. Cinquante ans passent, soixante-quinze ans passent, et les gens se coltinent toujours leurs bagages dans les aéroports et les gares chaque fois qu'ils partent de chez eux pour aller voir la tante Rita à Poughkeepsie. Je te le dis, mon ami, les choses ne sont pas aussi simples qu'elles en ont l'air. L'esprit humain est un instrument peu raffiné, et bien souvent nous ne sommes pas plus capables de veiller sur notre sort que le moindre ver de terre.

« Quoi que j'aie pu être d'autre, je ne me suis jamais laissé devenir ce ver. J'ai sauté, j'ai galopé, je me suis envolé, et quel que soit le nombre de fois où je me suis écrasé au sol, je me suis toujours ramassé pour essayer encore. Même en ce moment où les ténèbres m'enserrent, mon cerveau tient bon et refuse de jeter l'éponge. Le grille-pain vitré, camarade! Ça m'est venu comme une vision il y a deux ou trois nuits, et depuis j'ai la tête remplie de cette idée. Pourquoi ne pas exposer le travail, que je me suis dit, permettre de regarder le pain pendant qu'il passe du blanc au brun doré, de voir de nos yeux la métamorphose? Quel est l'avantage d'enfermer le pain et de le cacher derrière ce vilain acier inoxydable? Je parle de verre transparent, avec les filaments orange qui brillent à l'intérieur. Ce serait de toute beauté, une œuvre d'art dans chaque cuisine, une sculpture lumineuse à contempler tandis qu'on vaque à l'humble tâche de préparer le petit déjeuner afin de prendre des forces pour la journée. Du verre transparent, résistant à la chaleur. On pourrait le teinter en bleu, le teinter en vert, le teinter dans toute couleur qu'on voudrait et alors, avec l'orange rayonnant à l'intérieur, imagine les combinaisons, pense seulement aux merveilles visuelles qui seraient possibles. Griller du pain deviendrait un acte religieux, une émanation d'un autre monde, une forme de prière. Seigneur Jésus! Qu'est-ce que j'aimerais avoir la force d'y travailler maintenant, de me mettre à tracer des plans, de perfectionner l'objet et de voir où ça nous mène. C'est tout ce dont j'ai jamais rêvé, Mr. Bones. Rendre le monde meilleur. Apporter un peu de beauté dans les coins ternes et monotones des âmes. On peut faire ça avec un grille-pain, on peut le faire avec un poème, on peut le faire en tendant la main à un inconnu. Peu importe la forme que ça prend. Laisser le monde un peu meilleur qu'on ne l'a trouvé. C'est ce qu'un homme peut faire de mieux.

« Bon, ricane si tu veux. Si je m'attendris, je m'attendris, et puis c'est tout. Ça fait du bien de laisser s'épancher ses sentiments, de temps en temps. Suis-je pour autant un imbécile ? Peut-être bien. Mais mieux vaut ça que l'amertume, je te le dis, mieux vaut écouter la voix du père Noël que s'égarer dans les voies du mensonge. Sûr, je sais ce que tu penses. T'as pas besoin de le dire. J'entends les mots dans ta tête, mein Herr, et tu ne m'entraîneras pas dans une discussion. Pourquoi tant patauger, tu te le demandes, pourquoi faire ces sauts de carpe, me vautrer dans la poussière, ramper ma vie durant vers l'annihilation ? Tu fais bien de poser ces questions. Je me les suis posées souvent, moi aussi, et la seule réponse que j'aie jamais trouvée est celle qui ne répond à rien. Parce que c'est ça que je voulais. Parce que je n'avais pas le choix. Parce qu'il n'existe pas de réponse à de telles questions.

« Pas d'excuses, donc. J'ai toujours été une créature mal foutue, Mr. Bones, un homme criblé de contradictions et d'incohérences, le jouet d'élans trop multiples. D'un côté, le cœur pur, la bonté, le loyal assistant du père Noël. De l'autre, un braque mal embouché, un nihiliste, un clown abruti. Et le poète ? Tombé quelque part entre les deux, je suppose, dans l'intervalle entre le meilleur et le pire de moi. Ni saint, ni bouffon ivrogne. L'homme qui entendait des voix dans sa tête, celui qui réussissait parfois à écouter les conversations des pierres et des arbres, qui parvenait de temps à autre à mettre en paroles la musique des nuages. Dommage que je n'aie pas pu être lui plus souvent. Mais, hélas, je ne suis jamais allé en Italie, le pays où on fabrique le talent, et si on ne peut pas se payer le voyage, alors y a plus qu'à rester chez soi.

« Quand même, vous ne m'avez jamais vu au meilleur de ma forme, Sire Osso, et je le regrette. Je regrette que vous n'ayez connu de moi qu'un homme sur le déclin. C'était une tout autre histoire, jadis, avant que ma fureur ne parte en fumée et que je me retrouve dans les... dans les ennuis mécaniques. Je n'ai jamais voulu être clochard. C'était pas ça que j'avais en tête, c'était pas ça l'avenir que je me rêvais. Récupérer les bouteilles vides dans des poubelles de recyclage, ça faisait pas partie de mes projets. Faire gicler de l'eau sur les pare-brise ne faisait pas partie de mes projets. Me foutre à genoux devant les églises en fermant les yeux pour avoir l'air d'un martyr chrétien primitif avec l'espoir qu'un passant me prendra en pitié et me jettera dix ou vingt-cinq cents dans la main — non, signor Puccini, non, non, non, ce n'est pas pour faire ça que j'ai été mis au monde. Mais l'homme ne vit pas que de mots. Il a besoin de pain, et pas d'une seule miche, mais de deux. Une pour la bouche et une pour la poche. Du pain pour acheter du pain, si tu vois ce que je veux dire, et si t'en as pas de l'un, t'es diablement certain de pas en avoir de l'autre.

« Ç'a été un sale coup quand *Mama-san* nous a quittés. Je ne le nierai pas, gamin, et je ne nierai pas que j'ai aggravé la situation en donnant tout cet argent. J'ai dit pas d'excuses, mais ici je voudrais me contredire et t'en présenter, à toi. J'ai agi de façon téméraire et stupide, et nous en avons tous deux payé le prix. Dix mille dollars, c'est pas du mouron pour les oiseaux, après tout. Je les ai laissés me glisser entre les doigts, j'ai regardé toute la liasse s'éparpiller dans le vent, et ce qu'il y a de curieux c'est que je m'en foutais. Ça me faisait plaisir de me conduire comme un richard, de faire étalage de mon butin en flambeur frapadingue. M. Altruisme. M. Al Truisme, c'est moi, le seul et unique Alberto Verissimo, l'homme qui a touché le montant de l'assurance-vie de sa mère et qui en a bazardé jusqu'au dernier centime. Cent dollars à Benny Shapiro. Huit cents dollars à Daisy Brackett. Quatre mille dollars à l'association

Grand Air. Deux mille dollars aux œuvres sociales Henry Street. Quinze cents dollars au programme "Poètes à l'école". C'est allé vite, pas vrai? Une semaine, dix jours, et quand j'ai relevé les yeux je m'étais dépouillé de tout mon héritage. Ah, que veux-tu? C'est parti comme c'était venu, conformément au vieux dicton, et qu'est-ce qui me permettrait d'imaginer que j'aurais pu faire autrement? J'ai ça dans le sang, d'être téméraire, de faire ce que ne ferait personne d'autre. Nique le fric, voilà ce que j'ai fait. C'était mon unique chance de me faire ou de me taire, de me démontrer que ce que je répétais depuis tant d'années, je le pensais, et quand l'argent est arrivé, je n'ai pas hésité. J'ai niqué le fric. Je me suis peut-être bien niqué moi-même au passage, mais ça ne veut pas dire que j'ai agi en vain. L'orgueil, ça compte aussi, après tout, et je suis content de ne pas m'être dégonflé au moment de l'action. J'ai marché sur la planche. Je suis allé jusqu'au bout. J'ai sauté. Tant pis pour les monstres marins là-dessous. Je sais qui je suis, comme ne disait jamais le bon marin Popeye, et là, pour une fois dans ma vie je savais exactement ce que je faisais.

« Dommage que tu aies dû en souffrir, évidemment. Dommage que nous ayons dû toucher le fond. Dommage que nous ayons perdu notre refuge hivernal et que nous ayons dû nous débrouiller de façons dont nous n'avions pas l'habitude. On n'en est pas sortis indemnes, hein? La mauvaise bouffe, le manque d'abri, les coups durs. Ça m'a rendu malade, et ça va bientôt te rendre orphelin. Désolé, Mr. Bones. J'ai fait de mon mieux, mais parfois le mieux ne suffit pas. Si je pouvais seulement me remettre sur mes pieds pendant quelques minutes encore, je pourrais peut-être avoir une idée. T'installer quelque part, m'occuper de nos affaires. Mais ma sève fout le camp. Je la sens qui s'en va goutte à goutte, et l'une après l'autre les choses disparaissent. Tiens bon avec moi, chien. Je vais me reprendre. Dès que la perturbation sera passée, j'essaierai de nouveau d'être à la hauteur. Si elle passe. Et sinon, eh bien, c'est moi qui vais passer, *n'est-ce pas* * ? Tout ce qu'il me faut, c'est encore un peu de temps. Quelques minutes pour reprendre haleine. Et puis on verra. Ou non. Et si on ne voit pas, alors il n'y aura rien que l'obscurité. L'obscurité partout, aussi loin que ne porte plus le regard. Jusqu'à la mer, jusqu'aux profondeurs saumâtres du néant, où rien n'existe ni n'existera. Sauf moi. Sauf pas moi. Sauf l'éternité. »

Willy s'arrêta alors de parler, et la main qui depuis vingt-cinq minutes caressait le sommet du crâne de Mr. Bones s'amollit, et puis cessa complètement de bouger. Mr. Bones en aurait donné sa tête à couper, c'était la fin. Comment n'aurait-il pas pensé cela, vu le caractère définitif des derniers mots prononcés ? Comment n'aurait-il pas pensé que son maître l'avait quitté au moment où la main qui lui massait le crâne avait soudain glissé pour s'affaler, inerte, sur le sol ? Mr. Bones n'osait pas lever les yeux. La tête obstinément appuyée sur la cuisse droite de Willy, il attendait, espérant contre tout espoir qu'il se trompait. Car en vérité l'atmosphère était moins immobile qu'elle n'aurait dû l'être. Des bruits venaient de quelque part, et comme, afin d'écouter avec plus d'attention, il luttait contre les miasmes du chagrin qui montaient en lui, il comprit que ces bruits venaient de son maître. Était-ce possible ? N'osant guère en croire ses oreilles, le chien vérifia encore, en se raidissant

* Les expressions en italiques suivies d'un astérisque sont en français dans le texte. *(N.d.T.)*

contre la déception alors même que sa certitude augmentait. Oui, Willy respirait. L'air circulait encore dans ses poumons, il entrait et sortait par sa bouche, il dansait encore pesamment la vieille danse des inspirations et expirations, et même si le souffle était moins ample qu'à peine un jour ou deux plus tôt, guère plus à présent qu'une faible palpitation, une sibilance légère comme une plume limitée à la gorge et à la partie supérieure des poumons, c'était tout de même un souffle, et tant qu'il y avait du souffle, il y avait de la vie. Son maître n'était pas mort. Il s'était endormi.

Moins de deux secondes plus tard, comme pour confirmer la justesse des observations de Mr. Bones, Willy se mit à ronfler.

A ce moment, le chien avait les nerfs en ruine. Son cœur avait bondi à travers une centaine de cerceaux de crainte et de désespoir, et lorsqu'il comprit qu'un répit leur avait été accordé, que l'heure du jugement avait été repoussée encore un peu, il manqua s'effondrer d'épuisement. Tout cela, c'était trop pour lui. Quand il avait vu son maître s'asseoir par terre et s'adosser aux murs de Pologne, il s'était juré de rester éveillé, de monter la garde jusqu'à l'instant fatal. C'était là son devoir de chien, sa responsabilité fondamentale. A présent, tandis qu'il écoutait la mélopée familière des ronflements de Willy, il ne put résister à la tentation de fermer les yeux. Telle était la puissance de l'effet tranquillisant de ce bruit. Chaque nuit depuis sept années, Mr. Bones s'était assoupi sur les ondes de cette musique, et elle représentait désormais un signal que tout allait bien dans le monde, que si affamé ou malheureux qu'on se sentît à cet instant, il était temps de mettre ses soucis de côté et de se laisser flotter au pays des rêves. Après quelques rajustements minimes de sa position, c'est exactement ce que fit Mr. Bones. Il mit la tête sur l'estomac de Willy, le bras de Willy se souleva involontairement en l'air et puis vint se poser sur le dos du chien, et le chien s'endormit.

C'est alors qu'il fit le rêve dans lequel il vit mourir Willy. Cela commençait par leur réveil, à tous les deux, ils ouvraient les yeux et émergeaient du sommeil dans lequel ils venaient de sombrer — c'est-à-dire le sommeil qui était le leur en ce moment, celui-là même dans lequel Mr. Bones rêvait son rêve. L'état de Willy ne paraissait pas pire qu'avant cette sieste. Et même, il semblait aller un tout petit peu mieux grâce à elle. Pour la première fois depuis plusieurs lunes, il ne toussa pas lorsqu'il remua, il ne fut pas pris d'une nouvelle crise, ni emporté par une affreuse frénésie de hoquets, d'étouffements et d'expectorations teintées de sang. Il se contenta de se racler la gorge et puis se remit à parler, reprenant presque exactement là où il s'était tu.

Il poursuivit pendant, semblait-il, trente ou quarante minutes encore, en fonçant dans un délire de phrases à demi formées et de réflexions interrompues. Remontant du fond de l'océan, il se mit à parler de sa mère. Il dressa une liste des vertus de *Mama-san*, opposée à une liste de ses défauts, et puis il demanda pardon pour les souffrances qu'il pouvait lui avoir causées. Avant de passer au point suivant, il rappela le chic qu'elle avait de bousiller les blagues, régalant affectueusement Mr. Bones d'exemples de son talent infaillible pour oublier la chute à la dernière minute. Après quoi il se lança dans une autre liste — celle de toutes les femmes avec lesquelles il lui était arrivé de coucher (descriptions physiques comprises) — à laquelle succéda une diatribe de longue haleine contre les dangers de la consommation. Et puis, tout à coup, il exposait un traité sur les avantages moraux de l'absence de domicile, lequel se terminait par des excuses sincères à Mr. Bones pour l'avoir entraîné à Baltimore dans cette entreprise abracadabrante. « J'ai oublié d'ajouter la lettre g, poursuivait-il. C'est pas pour Béa Swanson que je suis venu; je suis venu chanter mon *swan song*, mon chant du cygne », et aussitôt il récitait un nouveau poème, une apostrophe au démiurge invisible qui s'apprêtait à réclamer son âme. Apparemment improvisé, le poème commençait ainsi :

O Seigneur des dix mille hauts fourneaux et donjons,
Du marteau pulvérisateur et du regard en cotte de
*   mailles,*
Seigneur ténébreux des mines de sel et des pyramides,
Maestro des dunes de sable et des poissons volants,
Écoute le bavardage de ton pauvre serviteur,
Mourant sur les rivages de Baltimore
En route vers le Grand Au-Delà...

Après que le poème se fut écoulé, il fut remplacé par d'autres lamentations et fugues, d'autres imprévisibles bredouillages sur toutes sortes de thèmes : la symphonie des odeurs et les raisons pour lesquelles l'expérience avait échoué, Happy Felton et le Knothole Gang (qui diable était-ce ?) et le fait que la plus grande partie du riz que mangeaient les Japonais fût cultivée en Amérique et non au Japon. De là, il dériva vers les hauts et les bas de sa carrière littéraire, se vautrant plusieurs minutes durant dans la fange de griefs rentrés et d'un apitoiement morbide sur lui-même, avant de reprendre cœur un moment pour évoquer son compagnon de chambre à l'université (celui-là même qui l'avait emmené à l'hôpital en 1968) — un nommé Anster ou Omster, ou quelque chose de ce genre — qui avait fini par écrire un certain nombre de livres plutôt médiocres et qui avait un jour promis à Willy de lui trouver un éditeur pour ses poèmes, mais bien entendu Willy ne lui avait jamais envoyé le manuscrit et, bon, c'était comme ça, mais ça prouvait qu'il *aurait pu* être publié s'il avait voulu — il n'avait pas voulu, voilà, et qui diable se souciait de ces conneries prétentieuses, de toute façon ? L'important, c'était de faire, pas ce que ça devenait une fois que c'était fait, et désormais, en ce qui le concernait, même les carnets à la consigne des Greyhound ne valaient pas plus qu'un pet de lapin et une boîte de conserve vide. Qu'on les brûle, pour ce qu'il s'en souciait, qu'on les jette aux ordures, qu'on les flanque aux chiottes afin que les voyageurs fatigués se torchent le cul avec. Il n'aurait jamais dû se les coltiner jusqu'à Baltimore, pour commencer. Un instant de faiblesse, voilà ce que c'était, un coup ultime au vil jeu de l'ego — lequel était l'unique jeu où tout le monde perd, où jamais personne ne peut gagner. Willy se tut un moment après cela, étonné de la profondeur de sa propre amertume, et puis il laissa échapper un long rire asthmatique, se moquant bravement de lui-même et du monde qu'il aimait tant. De là, revenant à Omster, il s'embarqua dans une histoire que son ami lui avait racontée bien des années auparavant, à propos d'un setter anglais rencontré en Italie, qui était capable d'écrire des phrases sur une machine à écrire adaptée à l'usage des chiens. Sur quoi Willy éclata en sanglots inexplicables, et puis il se mit à se reprocher de n'avoir jamais appris à lire à Mr. Bones. Comment avait-il pu négliger de s'occuper d'une chose aussi essentielle ? A présent que le chien allait se retrouver livré à lui-même, il aurait besoin de tous les avantages qu'il pouvait avoir, et Willy l'avait laissé choir, n'avait rien fait pour lui trouver une nouvelle situation, l'abandonnait sans argent, sans nourriture, sans rien qui lui permît de faire face aux dangers qui l'attendaient. La langue du barde s'agitait à la cadence d'un mile à la minute, à ce moment, mais Mr. Bones n'en perdait pas un détail, il entendait les paroles de Willy aussi distinctement qu'il aurait pu les entendre dans la réalité. C'est là ce que ce rêve avait de si étrange. Il n'y avait aucune distorsion, pas d'interférence entre les ondes, pas de changement soudain de réseau. C'était exactement comme dans la vie, et bien qu'il fût endormi, bien qu'il entendît ces mots en rêve, il était éveillé dans le rêve et donc, plus il continuait à dormir, plus il se sentait éveillé.

Alors que Willy en était à la moitié de ses spéculations sur les talents canins pour la lecture, une voiture de police s'arrêta devant la maison de Poe et deux grands types en uniforme en sortirent. L'un était blanc et l'autre noir, et tous deux transpiraient dans la chaleur d'août : une paire de flics aux hanches larges, avec à la ceinture les instruments de la loi — revolvers et menottes, matraques et étuis, torches et balles. Pas le temps de faire un inventaire complet, car les hommes n'étaient pas plus tôt sortis de la voiture que l'un d'eux s'adressait à Willy (« Peux pas rester là, mon vieux. Tu te bouges ou quoi ? »), et à ce moment Willy se tourna, regarda son ami droit dans les yeux et lui dit : « Tire-toi, Bonesy. Ne les laisse pas te prendre », et parce que Mr. Bones comprenait que ça y était, que ce qu'ils craignaient était soudain sur eux, il lécha le visage de Willy, poussa un bref gémissement d'adieu tandis que son maître lui caressait la tête une dernière fois, et puis il fila, galopant dans North Amity Street aussi vite que ses pattes le lui permettaient.

Il entendit derrière lui la voix inquiète d'un des

flics qui criait (« Frank, attrape le chien ! Attrape ce foutu chien, Frank ! »), mais il ne s'arrêta pas avant d'être arrivé au coin de la rue, à une trentaine de mètres de la maison. A ce moment-là, Frank avait déjà abandonné l'idée de lui donner la chasse. Comme il se retournait pour voir ce qui arrivait à Willy, Mr. Bones vit que le flic blanc repartait en se dandinant vers la maison. Un instant plus tard, alerté par l'autre flic qui, agenouillé près de Willy, gesticulait d'un air affolé, il accéléra et rejoignit son compère au petit trot. Plus personne ne se souciait du chien. Il y avait là un homme en train de mourir, et du moment que Mr. Bones gardait prudemment ses distances, il ne lui arriverait rien.

Il resta donc en observation au coin de la rue, haletant après cette course brève, presque à bout de souffle. Il éprouvait une terrible tentation d'ouvrir la gueule et de hurler, de pousser une de ces sombres plaintes capables de faire tourner les sangs, mais il n'y céda pas, sachant très bien que ce n'était pas le moment d'exprimer son chagrin. De loin, il vit le flic noir debout à côté de sa voiture, en train de parler dans le radiotéléphone. Une réponse brouillée, chargée de parasites, remplit la rue déserte. Le flic parla de nouveau, et des bouffées de mots incompréhensibles suivirent, un nouvel assaut de bruit et de charabia. Une porte s'ouvrit de l'autre côté de la rue, et quelqu'un sortit pour voir ce qui se passait. Une femme en robe-tablier jaune, la tête couverte de bigoudis roses. D'une autre maison émergèrent deux enfants. Un garçon d'environ neuf ans et une fille d'environ six, tous deux vêtus de shorts et pieds nus. Pendant ce temps, Willy était invisible, encore étendu là où Mr. Bones l'avait laissé, dissimulé par le large corps massif du flic blanc. Une ou deux minutes passèrent, puis une ou deux encore et alors, à peine perceptible dans le lointain, Mr. Bones entendit le son d'une sirène qui approchait. Le temps que l'ambulance blanche tourne dans North Amity Street et s'arrête devant la maison, une douzaine de badauds s'étaient rassemblés, debout les mains dans les poches ou les bras croisés sur la poitrine. Deux ambulanciers sautèrent de l'arrière du véhicule, firent rouler une civière vers la maison et revinrent au bout d'un moment avec Willy couché dessus. Il était difficile d'y voir grand-chose, difficile de savoir si son maître était vivant ou non. Mr. Bones envisagea de courir jeter un dernier regard, mais il hésitait à prendre un tel risque, et lorsqu'il se fut enfin décidé à le faire, les ambulanciers avaient déjà glissé Willy dans l'ambulance et claquaient les portières.

Jusque-là, le rêve n'avait en rien différé de la réalité. Mot pour mot, geste pour geste, chaque événement avait constitué une représentation exacte et fidèle des événements tels qu'ils se produisent dans le monde. A présent que l'ambulance s'en allait et que les gens rentraient lentement chez eux, Mr. Bones eut l'impression qu'il se divisait en deux. Une moitié de lui resta sur le trottoir, chien contemplant son avenir sombre et incertain, et l'autre moitié devint une mouche. Étant donné la nature des rêves, peut-être n'y avait-il là rien d'extraordinaire. Nous nous transformons tous en diverses choses pendant que nous dormons, et Mr. Bones n'était pas une exception. A un moment ou à un autre, il s'était retrouvé dans la peau d'un cheval, d'une vache et d'un cochon, sans parler de plusieurs chiens différents, mais jusqu'au rêve de ce jour-là, il n'avait jamais été deux choses à la fois.

Il fallait s'occuper d'une affaire urgente, et seule la moitié mouche le pouvait. Donc pendant que la moitié chien attendait au coin de la rue, la mouche s'éleva dans les airs et vola le long du pâté de maisons, à la poursuite de l'ambulance, aussi vite que ses ailes pouvaient la porter. Parce que c'était un rêve, et parce que cette mouche pouvait voler plus vite que n'importe quelle mouche en chair et en os, il ne lui fallut pas longtemps pour atteindre son but. Au moment où l'ambulance tournait le coin au premier carrefour, la mouche s'était déjà agrippée à la poignée de la portière arrière et c'est ainsi qu'elle accompagna Willy jusqu'à l'hôpital, les six pattes bien plaquées sur la surface légèrement rouillée de la poignée, du côté le moins exposé au vent et en priant le ciel pour que celui-ci ne la décroche pas. Ce fut une folle balade, avec chocs dus aux nids-de-poule, virages sur l'aile, arrêts et départs soudains, et l'air qui déboulait de tous les côtés sur la mouche, mais elle réussit à se cramponner et quand l'ambulance s'arrêta devant l'entrée des urgences de l'hôpital huit ou neuf minutes plus tard, la mouche avait conservé tous ses esprits. Elle sauta de la poignée à l'instant précis où l'un des ambulanciers s'apprêtait à saisir celle-ci et alors, tandis qu'on ouvrait les portières et qu'on sortait Willy sur la civière, elle resta en suspens à un mètre environ au-dessus de la scène, minuscule et discrète, les yeux fixés sur le visage de son maître. D'abord, elle n'aurait pu dire si Willy était vivant ou mort, mais une fois que le chariot fut entièrement sorti, les quatre roues sur le sol, le fils de Mrs. Gurevitch ouvrit les yeux. Pas beaucoup, sans doute, à peine une fente pour filtrer un peu de lumière et voir ce qui se passait, mais même ce léger clin d'œil suffit à donner la chamade au cœur de la mouche. « Béa Swanson, marmonna Willy. 316, Calvert. Faut l'appeler. Pronto. Faut lui donner la clef. La clef à Béa. Vie et mort. Question de.

— T'en fais pas, dit l'un des ambulanciers. On s'en occupe. Mais ne parle plus, maintenant. Économise tes forces, Willy. »

Willy. Cela signifiait qu'il leur en avait dit assez pour qu'ils connaissent son nom, et s'il avait parlé dans l'ambulance, cela signifiait peut-être qu'il allait moins mal qu'il n'y paraissait, ce qui, à son tour, signifiait que peut-être, avec les remèdes appropriés et les soins qui convenaient, il allait après tout s'en tirer. Ainsi songeait, dans le rêve de Mr. Bones, la mouche qui était en réalité Mr. Bones en personne, et parce qu'elle était un témoin partial des événements, nous ne lui chicanerons pas la consolation de cet espoir de dernière minute, alors même que toute trace d'espoir avait disparu. Mais que savent les mouches ? Et que savent les chiens ? Et, tant qu'on y est, que savent les hommes ? On se trouvait entre les mains de Dieu, à présent, et en vérité on ne pouvait pas faire demi-tour.

Néanmoins, pendant les dix-sept heures qui restaient, il se passa une quantité de choses extraordinaires. La mouche assista à chacune d'entre elles de son poste d'observation au-dessus du lit 34, au plafond de la salle des indigents de l'hôpital Notre-Dame des Douleurs, et si elle ne s'était trouvée là en ce jour d'août 1993 pour les voir de ses propres yeux, elle n'aurait jamais cru que de telles choses fussent possibles. En premier lieu, on trouva Mrs. Swanson. Moins de trois heures après l'admission de Willy à l'hôpital, son ancienne prof d'anglais accourut par le couloir central de la salle, se vit offrir un siège par sœur Marie-Thérèse, la responsable de l'équipe en fonction de seize heures à minuit, et entre cet instant et celui où Willy quitta ce monde, pas une fois elle ne s'éloigna du chevet de son élève. En deuxième lieu, après plusieurs heures d'alimentation par voie intraveineuse accompagnée en continu de doses massives d'antibiotiques et d'adrénaline, Willy sembla retrouver quelque peu ses esprits, et il passa la dernière matinée de sa vie dans un état de lucidité et de sérénité comparable aux meilleurs souvenirs qu'en gardait Mr. Bones. En troisième lieu, Willy mourut sans douleur. Ni convulsions, ni crises, ni incendies cataclysmiques dans la poitrine. Il s'en fut en douceur, en se retirant de ce monde à petites étapes imperceptibles, et à la fin ce fut comme une goutte d'eau qui s'évapore au soleil, diminuant progressivement jusqu'à ce qu'il n'en reste rien.

La mouche ne vit pas vraiment la clef changer de main. Cela pouvait s'être passé pendant un bref instant d'inattention de sa part, ou encore Willy pouvait avoir oublié d'en parler. Au moment même, cela ne paraissait guère important. Dès l'arrivée de Béa Swanson dans la chambre, il y avait eu tant d'autres sujets de réflexion, tant de mots à écouter et de sentiments à assimiler, que la mouche se rappelait à peine son propre nom et moins encore le plan absurde élaboré par Willy pour sauvegarder ses archives littéraires.

Les cheveux de Mrs. Swanson étaient devenus blancs, et elle avait grossi de quinze kilos, mais au premier regard la mouche sut qui c'était. Physiquement parlant, rien ne la distinguait d'un million d'autres femmes de son âge. Vêtue d'un short en madras bleu et jaune et d'une blouse blanche à fronces, chaussée de sandales de cuir, elle semblait avoir cessé depuis longtemps de se préoccuper de son apparence. La rondeur de ses bras et de ses jambes s'était accentuée au cours des années, et avec les fossettes de ses genoux dodus, les varices qui lui bosselaient les mollets et ses avant-bras avachis, on aurait facilement pu la prendre pour une joueuse de golf dans un lotissement pour retraités, quelqu'un qui n'a rien de mieux à faire que de se trimbaler sur le neuf trous en voiturette électrique sans autre souci que de terminer le parcours à temps pour le *early bird special*. Mais cette femme avait la peau blanche et non pas bronzée, et au lieu de lunettes de soleil elle portait des verres correcteurs sagement cerclés de métal. Qui plus est, derrière ces lunettes de drugstore on pouvait apercevoir des yeux d'une étonnante nuance de bleu. Un regard à ces yeux, et on était pris au piège. On était saisi par leur chaleur et leur vivacité, leur intelligence et leur attention, la profondeur de leurs silences scandinaves. C'était de ces yeux-là que Willy adolescent était tombé amoureux, et la mouche comprenait à présent pourquoi il en avait fait une telle affaire. Peu importaient les cheveux courts, les jambes bouffies et l'absence de recherche vestimentaire. Mrs. Swanson n'avait rien d'une institutrice douairière. Elle était la déesse de la sagesse, et dès lors qu'on était amoureux d'elle on le restait jusqu'à son dernier jour.

Elle n'avait pas grand-chose non plus de la bonne poire à laquelle Mr. Bones s'était attendu. Après avoir écouté Willy chanter la gentillesse et la générosité de Mrs. Swanson pendant tout le trajet jusqu'à Baltimore, Mr. Bones se l'était représentée comme une sentimentale au cœur tendre, une de ces évaporées promptes aux forts et soudains enthousiasmes, qui s'effondrent en larmes à la moindre provocation et s'activent à remettre les choses en place derrière les gens à peine ils se sont levés de leurs sièges. La vraie Mrs. Swanson, pas du tout. C'est-à-dire la Mrs. Swanson de son rêve, pas du tout. Quand elle s'approcha du lit de Willy et, pour la première fois depuis près de trente ans, se trouva face à son ancien élève, la mouche fut surprise par la rigueur et la clarté de sa réaction.

« Doux Jésus, William, dit-elle. Tu as vraiment fait un beau gâchis !

— J'en ai peur, répondit Willy. Je suis ce qu'on appelle un loupé de classe internationale, le roi des sans cervelle.

— Au moins tu en as eu assez pour me faire signe, dit-elle en s'asseyant sur la chaise que sœur Marie-Thérèse lui avait apportée et en prenant la main de Willy. Le moment n'est peut-être pas trop bien choisi, mais mieux vaut tard que jamais, hein ? »

Des larmes envahirent les yeux de Willy et, pour une fois dans sa vie, il resta incapable de parler.

« Tu as toujours été une affaire à risque, William, poursuivit Mrs. Swanson, je ne peux donc pas dire que je suis très surprise. Je suis certaine que tu as fait de ton mieux. Mais il est question ici de matériaux extrêmement combustibles, pas vrai ? Si on se balade avec un chargement de nitroglycérine dans le cerveau, on ne peut manquer, tôt ou tard, de buter contre quelque chose. A bien y penser, c'est miraculeux que tu ne te sois pas fait sauter depuis longtemps.

— Je suis venu à pied de New York, répondit Willy sans à-propos. Trop de kilomètres avec trop peu de carburant dans le réservoir. Ça a failli m'achever. Mais maintenant que je suis là, je suis content d'être venu.

— Tu dois être fatigué.

— Comme une vieille chaussette. Mais au moins je peux mourir heureux, maintenant.

— Ne dis pas ça. On va s'occuper de toi, te retaper. Dans une quinzaine de jours, tu seras sur pied.

— Bien sûr. Et l'an prochain, je me présente à la présidence.

— Tu ne peux pas faire ça. Tu as déjà un emploi.

— Pas vraiment. Je suis plutôt inemployé, ces temps-ci. Inemployable, à vrai dire.

— Et ton histoire de père Noël ?

— Ah, ouais. Ça !

— Tu n'as pas renoncé, dis donc ? Quand tu m'as écrit cette lettre, ça avait l'air d'une vocation à vie.

— Je suis toujours inscrit au rôle. Ça fait plus de vingt ans que j'y suis.

— Il doit y avoir beaucoup de travail.

— Ouais, beaucoup. Mais je me plains pas. Personne ne m'a forcé. J'ai signé de mon plein gré, et je m'en suis jamais repenti. Des horaires chargés, remarquez, et pas un jour de congé de tout ce temps, mais qu'est-ce que vous voulez ? C'est pas facile de faire le bien. Y a pas de profit là-dedans. Et quand y a pas de sous dans un truc, les gens ont tendance à se faire des idées. Ils croient que vous avez des intentions, même quand vous n'en avez pas.

— Tu as toujours le tatouage ? Tu en parlais dans ta lettre, mais je ne l'ai jamais vu.

— Bien sûr, il est là. Regardez si vous voulez. »

Mrs. Swanson se pencha en avant sur son siège, remonta la manche droite de la chemise d'hôpital de Willy, et le tatouage apparut.

« Très joli, dit-elle. Ça, c'est ce que j'appelle un vrai père Noël.

— Cinquante dollars, dit Willy. Et ça les valait bien. »

Ainsi commença la conversation. Elle se poursuivit pendant toute la nuit et jusqu'au lendemain matin, interrompue de temps à autre par les visites des infirmières, qui venaient remplir le goutte-à-goutte de Willy, lui prendre sa température et vider son bassin. Parfois, les forces manquaient à Willy et il s'assoupissait soudain au milieu d'une phrase et dormait pendant dix ou vingt minutes d'affilée, mais toujours il revenait, remontait des profondeurs de l'inconscience pour rejoindre Mrs. Swanson. Si celle-ci n'avait pas été là, la mouche s'en rendait compte, il y aurait eu peu de chances pour que Willy tienne le coup aussi longtemps, mais il éprouvait un tel plaisir à se trouver de nouveau avec elle qu'il continuait à faire l'effort — tant que l'effort resta possible. Pourtant il ne se rebellait pas contre ce qui arrivait, et même lorsqu'il énuméra une longue liste des choses qu'il n'avait jamais faites dans sa vie — jamais appris à conduire une voiture, jamais volé en avion, jamais visité un pays étranger, jamais appris à siffler —, des choses qu'il n'avait jamais faites et donc ne ferait jamais, ce fut moins avec regret qu'avec une sorte d'indifférence, un désir de prouver à Mrs. Swanson que rien de tout cela n'avait d'importance. « Mourir, c'est pas une grande affaire », dit-il, et il impliquait par là qu'il était prêt à s'en aller, qu'il lui était reconnaissant d'avoir veillé à ce que ses dernières heures ne s'écoulent pas parmi des inconnus.

Comme on aurait pu s'y attendre, ses dernières paroles concernaient Mr. Bones. Willy était revenu sur le sujet de l'avenir de son chien, dont il avait déjà parlé plusieurs fois auparavant, et insistait auprès de Mrs. Swanson sur l'importance qu'il attachait au fait qu'elle passe la ville au peigne fin pour le retrouver, qu'elle fasse tout ce qu'elle pourrait pour lui donner un nouveau foyer. « J'ai tout loupé, se lamentait-il. J'ai laissé tomber mon toutou. » Et Mrs. Swanson, alarmée de le voir soudain devenu si faible, tenta de l'apaiser par quelques mots vides de sens : « Ne t'en fais pas, William, tout va bien, ce n'est pas important », et Willy, tendu en un ultime effort, parvint à soulever la tête en disant : « Si, c'est important. C'est très important... » et puis, simplement, comme ça, sa vie s'arrêta.

Sœur Margaret, l'infirmière de service à cette heure, arriva près de son lit et chercha à sentir son pouls. Ne le trouvant pas, elle prit dans sa poche un petit miroir et le tint devant la bouche de Willy. Après quelques instants, elle retourna le miroir pour le regarder, mais elle n'y vit rien d'autre qu'elle-même. Alors elle remit le miroir dans sa poche, tendit le bras et ferma les yeux de Willy.

« C'était une belle mort », dit-elle.

Pour toute réponse, Mrs. Swanson se cacha le visage dans les mains et pleura.

Mr. Bones l'observait avec les yeux de la mouche, il entendait ses sanglots désolés remplir la salle, et il se demandait s'il y avait jamais eu rêve plus étrange, plus déroutant que celui-là. Ensuite il cligna des yeux, et il ne se trouvait plus à l'hôpital, il n'était plus la mouche, mais il était revenu au coin de North Amity Street sous sa bonne vieille forme de chien, en train de regarder l'ambulance qui filait dans le lointain. Le rêve était terminé, mais il était encore dans le rêve, ce qui signifiait qu'il avait fait un rêve dans le rêve, un songe entre parenthèses avec des mouches, des hôpitaux et des dames Swanson, et maintenant que son maître était mort il était à nouveau dans le premier rêve. C'est ce qu'il imaginait, en tout cas, mais à peine avait-il eu cette idée qu'il cligna des yeux une seconde fois et s'éveilla, et il se retrouva là, campant en Pologne auprès de Willy affalé, qui lui aussi se réveillait, et si grande fut la confusion de Mr. Bones pendant un petit moment qu'il ne savait pas trop s'il se retrouvait réellement dans la vie ou s'il s'était éveillé dans un autre rêve.

Mais ce ne fut pas tout. Après avoir reniflé l'air, frotté le nez contre la jambe de Willy et constaté qu'il s'agissait bien de la vie véritable et authentique, il eut à affronter d'autres mystères encore. Willy s'éclaircit la gorge, et comme Mr. Bones attendait l'inévitable quinte de toux, il se rappela que Willy n'avait pas toussé dans le rêve, que pour une fois ce supplice avait été épargné à son ami. A présent, contre toute attente, cela arriva de nouveau. Son maître s'éclaircit la gorge, et aussitôt se remit à parler. Au début, Mr. Bones n'y vit qu'une heureuse coïncidence, mais comme Willy continuait à discourir, en fonçant avec impétuosité d'un recoin à l'autre de son cerveau, le chien ne put que remarquer la ressemblance entre les propos qu'il écoutait et ceux qu'il venait d'entendre dans le rêve. Non qu'ils fussent exactement les mêmes — du moins, il ne le pensait pas — mais ils étaient assez proches, *assez proches*. L'un après l'autre, Willy évoqua chacun des sujets qui s'étaient succédé dans le rêve, et quand Mr. Bones prit conscience que cela se produisait précisément dans le même ordre que la fois précédente, il sentit un frisson lui parcourir l'échine. D'abord *Mama-san* et les blagues bousillées. Et puis le catalogue des aventures sexuelles. Ensuite les diatribes et les excuses, le poème, les batailles littéraires, tout le tremblement. Quand il en fut à l'histoire du copain d'université à propos du chien qui écrivait à la machine, Mr. Bones se demanda s'il était en train de devenir fou. Avait-il glissé à nouveau dans le rêve, ou le rêve n'était-il qu'une première version de ce qui se passait à présent ? Il cligna des yeux, dans l'espoir de se réveiller. Il les cligna de nouveau, et de nouveau rien ne se produisit. Il ne pouvait pas se réveiller, parce qu'il ne dormait pas. C'était sa vie véritable et authentique, et parce que, celle-là, on ne la vit qu'une fois, il comprit qu'ils étaient vraiment arrivés à la fin. Il savait que les mots qui déboulaient de la bouche de son maître étaient les derniers mots que Willy prononcerait jamais.

« J'y étais pas en personne, disait le barde, mais

je fais confiance à mon témoin. Durant toutes les années où nous étions amis, je ne l'ai jamais surpris à inventer des histoires. C'est un de ses problèmes, sans doute — en tant qu'écrivain, je veux dire — pas assez d'imagination — mais en tant qu'ami, il s'en tenait toujours à ses sources; *straight from the horse's mouth*, comme on dit chez nous, directement de la bouche du cheval! Une jolie expression, celle-là, mais que je sois pendu si je sais ce qu'elle signifie. Le seul cheval parlant que j'aie jamais connu, c'était au cinéma. Donald O'Connor, l'armée, trois ou quatre films imbéciles que j'ai vus quand j'étais môme. Maintenant que j'y pense, remarque, c'était peut-être une mule. Une mule au cinéma, et un cheval à la télé. Comment ça s'appelait, déjà? *Mr. Ed.* Seigneur, voilà que ça recommence! Je peux pas me débarrasser de ces saletés. Mr. Ed, Mr. Moto, Mr. Magoo, ils sont tous encore là-dedans, tous, jusqu'au dernier. Mr. Va-te-faire-foutre. Mais il s'agit de chiens, non? Pas de chevaux, de chiens. Et il ne s'agit pas non plus de chiens parlants. Pas de ces chiens comme dans l'histoire du type qui rentre dans un bar et qui parie toutes ses économies sur la capacité qu'a son chien de parler et personne ne le croit, et alors le chien ne l'ouvre pas, et après quand le type lui demande pourquoi, le chien répond qu'il n'arrivait pas à trouver quelque chose à dire. Non, pas le chien parlant de ces blagues idiotes, mais le chien que mon copain a vu en Italie quand il avait dix-sept ans, celui qui savait taper à la machine. C'est ça, en Italie. Lalalilalala, l'Italie, le pays des palilalies et des glossolalies — encore un endroit où je ne suis jamais allé.

« Sa tante s'y était installée quelques années plus tôt, sais pas pourquoi, et un été il est allé passer une paire de semaines chez elle. Ça, c'est un fait, et ce qui donne à l'affaire du chien un air de vérité, c'est que c'était même pas le chien le sujet de l'histoire. Je lisais un livre. *La Montagne magique*, ça s'appelait, d'un certain Thomas Mann — à ne pas confondre avec Thom McAn, célèbre savetier des masses. Je n'ai jamais terminé ce foutu bouquin, soit dit en passant, c'était d'un ennui, mais ledit Herr Mann était une grosse légume, il figurait en bonne place au panthéon des écrivains, et je m'étais dit que je devais y jeter un œil. Donc me voilà dans la cuisine, penché sur ce gros volume avec un bol de *Cheerios* sous la main, et mon copain Paul s'amène, voit le titre, et dit : Je ne l'ai jamais terminé, celui-là. Je l'ai commencé quatre fois, et je ne suis jamais arrivé au-delà de la page deux cent soixante-quatorze. Bon, que je fais, j'en suis à la page deux cent soixante et une. Ça doit vouloir dire que j'ai presque fait mon temps, et là-dessus il me raconte, planté là sur le seuil et en soufflant par la bouche la fumée de sa cigarette, qu'il a un jour rencontré la veuve de Thomas Mann. Pas pour s'en vanter, simplement pour constater un fait. C'est comme ça qu'il s'est lancé dans l'histoire de son séjour en Italie chez sa tante, qui se trouvait être une amie d'une des filles de Mann. Il avait eu plein d'enfants, le vieux Tom, et cette fille-là avait fini par épouser un Italien plein aux as et habitait une belle maison quelque part dans les collines aux environs de Dieu sait quelle petite ville. Un jour, Paul et sa tante ont été invités à déjeuner dans cette maison, et la mère de leur hôtesse était là — la veuve de Thomas Mann, une vieille dame aux cheveux blancs assise dans un fauteuil à bascule, le regard perdu dans le vide. Paul lui a serré la main, rien d'important n'a été dit, et tout le monde s'est mis à table. Bla bla bla, passez-moi le sel s'il vous plaît. Juste quand tu te dis que ça ne mène à rien, que c'est la fin d'une histoire vraiment nulle, Paul apprend que la fille

de Mann est quelque chose qu'on appelle psychologue animalier. Et qu'est-ce que c'est, demande-
ras-tu, qu'un psychologue animalier ? J'en sais pas
plus que toi, Mr. Bones. Après le déjeuner, elle
emmène Paul à l'étage et lui présente un setter
anglais nommé Ollie, un chien qui ne paraît pas à
Paul d'une intelligence particulière, et lui montre
une énorme machine à écrire, qui doit être la plus
grande machine à écrire dans l'histoire de la créa-
tion. Le clavier est équipé de touches d'une forme
spéciale, de grandes coupelles concaves adaptées
à la truffe du chien. Alors la bonne dame se munit
d'une boîte de biscuits, fait venir Ollie près de la
machine et donne à Paul une démonstration de ce
que le chien peut faire.

« L'opération était longue et pénible, pas du tout
ce que tu aurais attendu. La phrase qu'il était
censé taper était *Ollie est un bon chien.* Au lieu de
lui dicter les mots — ou au lieu de les épeler et
d'attendre qu'il frappe les bonnes lettres —, elle a
articulé chaque *son* de chaque mot, en décompo-
sant les mots en phonèmes, et en prononçant
ceux-ci avec une telle lenteur et de si étranges
inflexions, des timbres venus du fond de la gorge,
qu'on aurait dit une sourde en train de s'efforcer
de parler. *Ooooh,* commença-t-elle. *Ooooh,* et
quand le chien a fourré le nez sur la lettre O, elle
l'a récompensé d'un biscuit, de petits mots tendres
et de nombreuses caresses sur le crâne, avant de
passer au son suivant, *l-l-l-l, l-l-l-l,* en articulant
aussi lentement et aussi péniblement que la première fois, et quand le chien a tapé la bonne lettre,
elle lui a donné encore des biscuits et encore des
caresses, et ainsi de suite, lettre à lettre, c'était
atroce, jusqu'à ce qu'ils arrivent au bout de la
phrase : *Ollie est un bon chien.*

« Il y a vingt-cinq ans que mon ami m'a raconté
cette histoire, et je ne sais toujours pas si elle

prouve quoi que ce soit. Mais ce que je sais, c'est ceci : J'ai fait le crétin. J'ai gaspillé une trop grande partie de notre temps en plaisirs futiles et en fredaines, j'ai dissipé nos années en plaisanteries et en folies, en bagatelles et en rêvasseries, en tumulte incessant. Nous aurions dû nous attaquer à l'étude, cher monsieur, maîtriser l'alphabet, faire œuvre utile dans le peu de temps qui nous était imparti. Ma faute. Rien que ma faute. Je n'ai pas d'opinion sur cet Ollie, mais toi tu aurais réalisé de bien plus grandes choses, Mr. Bones. Tu avais la tête qu'il faut, tu avais la volonté, tu avais le cran. Je ne pensais pas que tes yeux étaient à la hauteur de la tâche, et je ne me suis pas donné la peine. Paresse, voilà ce que c'était. Inertie mentale. J'aurais dû tenter le coup, ne pas accepter l'échec. Au lieu de ça, qu'est-ce que j'ai fait ? Je t'ai traîné dans la boutique de farces et attrapes de l'oncle Al à Coney Island, voilà ce que j'ai fait. Je t'ai fait monter dans le train F en me faisant passer pour un aveugle, je tâtais les marches de l'escalier avec cette canne blanche, et toi tu étais là, près de moi, très à l'aise dans ton harnais, le meilleur chien d'aveugle qu'il y eût jamais, pas un poil en dessous de ces labradors et de ces bergers qu'on envoie à l'école pour apprendre le métier. Merci pour ça, amigo. Merci d'avoir si noblement joué le jeu, merci de ton indulgence envers mes caprices et mes improvisations. Mais j'aurais dû en faire plus pour toi. J'aurais dû te donner une chance de monter jusqu'aux étoiles. C'est possible, si, si, crois-moi. Sauf que j'ai pas eu le courage de mes convictions. Mais la vérité, mon ami, c'est que les chiens sont capables de lire. Sinon pourquoi afficherait-on ces avis aux portes de bureaux de poste ? CHIENS NON ADMIS À L'EXCEPTION DES CHIENS D'AVEUGLES. Tu comprends ce que je veux dire ? L'homme au chien ne voit pas, comment pourrait-il lire l'avis ? Et si lui ne peut pas le lire, qui reste-t-il ? C'est ça qu'ils font dans ces écoles spéciales. Simplement, on ne nous le dit pas. Ça reste un secret, et au jour d'aujourd'hui c'est un des trois ou quatre secrets les mieux gardés d'Amérique. Pour une bonne raison. Si ça s'ébruitait, pense un peu à ce qui arriverait. Les chiens, aussi intelligents que les hommes ? Quel blasphème ! Il y aurait des émeutes dans les rues, on bouterait le feu à la Maison-Blanche, la pagaille régnerait. Dans les trois mois, les chiens réclameraient leur indépendance. Des délégations se réuniraient, des négociations seraient entreprises, et à la fin on réglerait ça en abandonnant le Nebraska, le Dakota du Sud et la moitié du Kansas. On en expulserait les populations humaines pour laisser la place aux chiens, et dès lors le pays serait divisé en deux. Les États-Unis des Gens et la République indépendante des Chiens. Doux Jésus, ce que j'aimerais voir ça ! J'irais m'y installer et je travaillerais pour toi, Mr. Bones. J'irais chercher tes pantoufles, j'allumerais ta pipe. Je te ferais élire Premier ministre. Tout ce que tu voudrais, patron, je serais ton homme. »

Avec cette phrase, la rhapsodie de Willy s'arrêta net. Un bruit l'avait distrait, et quand il tourna la tête pour voir ce que c'était, un petit geignement lui échappa. Une voiture de police arrivait au pas dans la rue, se dirigeant vers la maison. Mr. Bones n'avait nul besoin de regarder pour savoir ce que c'était, mais il regarda tout de même. La voiture s'était rangée au bord du trottoir, et les deux flics en sortaient, en tapotant leurs étuis et en ajustant leurs ceinturons, le Noir et le Blanc, les deux mêmes gaillards que tout à l'heure. Mr. Bones se tourna alors vers Willy, à l'instant précis où Willy se tournait vers lui, et alors que la voix du flic leur parvenait soudain de la rue (« Peux pas rester là, mon vieux. Tu te bouges ou quoi ? »), Willy le regarda dans les yeux en disant : « Tire-toi, Bonesy. Ne les laisse pas te prendre. » Alors il lécha le visage de son maître, demeura un instant figé sur place tandis que Willy lui caressait la tête, et puis il fila, galopant dans la rue comme s'il ne devait plus y avoir de lendemain.

III

Il ne s'arrêta pas au coin, cette fois, et il n'attendit pas de voir arriver l'ambulance. A quoi bon ? Il savait qu'elle viendrait, et une fois qu'elle serait là, il savait où on emmènerait son maître. Les sœurs et les médecins feraient ce qu'ils pourraient, Mrs. Swanson lui tiendrait la main et bavarderait toute la nuit avec lui, et peu après l'aube Willy se mettrait en route vers Tombouctou.

Mr. Bones poursuivit donc sa course, sans douter un instant du fait que le rêve tiendrait toutes ses promesses, et au moment où il tournait le coin et se lançait dans la rue suivante, il lui était déjà apparu que le monde n'allait pas cesser d'exister. Il le regrettait presque, à présent. Il avait abandonné son maître, et le sol ne s'était pas ouvert pour l'engloutir. La ville n'avait pas disparu. Le ciel ne s'était pas embrasé. Tout était tel qu'auparavant, tel que tout allait rester, et ce qui était fait était fait. Les maisons étaient encore debout, le vent soufflait encore, et son maître allait mourir. Le rêve le lui avait dit, et parce que le rêve n'était pas un rêve mais une vision de choses à venir, il n'y avait pas à s'interroger. Le destin de Willy était scellé. Et tandis qu'il courait sur le trottoir, en entendant la sirène qui s'approchait de la zone qu'il venait de quitter, Mr. Bones comprit que la dernière partie de l'histoire était sur le point de commencer. Mais ce n'était plus son histoire, et quoi qu'il pût arriver à Willy désormais, cela n'aurait plus rien à faire avec lui. Il était tout seul et, que ça lui plût ou non, il fallait qu'il continuât sa route, même s'il n'avait nulle part où aller.

Quelle confusion, ces dernières heures, se disait-il, quel pot-pourri de souvenirs et de réflexions tronquées — mais Willy avait mis le doigt sur quelque chose, et même s'il s'était laissé quelque peu emporter vers la fin, on ne pouvait pas contester l'idée de base. Si Mr. Bones avait su lire, il ne se trouverait pas à présent dans une telle panade. Même avec une très maigre et très rudimentaire connaissance de l'alphabet, il aurait pu se mettre en quête du 316, Calvert Street, et une fois arrivé là il aurait attendu devant la porte l'arrivée de Mrs. Swanson. Elle était la seule personne qu'il connût à Baltimore, mais après tant d'heures passées en sa compagnie dans le rêve, il était certain qu'elle aurait été contente de le laisser entrer — et qu'en plus elle se serait occupée de lui comme un chef. Ça se devinait rien qu'à la regarder, rien qu'à l'écouter parler. Mais comment trouver une adresse si on ne peut pas lire le nom des rues ? Si Willy estimait qu'il est si important de savoir lire, pourquoi n'avait-il rien fait en ce sens ? Au lieu de geindre et de se lamenter sur ses échecs et ses bourdes, il aurait pu s'épargner les larmes et donner à Mr. Bones quelques rapides leçons. Mr. Bones aurait été plus que désireux de s'y mettre. Ça ne veut pas dire qu'il aurait réussi, mais comment le savoir si on n'essayait pas ?

Il tourna le coin d'une autre rue et s'arrêta pour boire dans une flaque qui s'était formée pendant la pluie récente. Tandis que sa langue lapait l'eau tiède et grisâtre, une nouvelle idée lui apparut soudain. Après y avoir réfléchi quelques instants, il faillit se sentir malade de regrets. Oublions la lecture, se dit-il. Oublions les discussions sur l'intelligence des chiens. Tout le problème aurait pu être résolu par un geste simple et élégant : en lui accrochant un message au cou. *Je m'appelle Mr. Bones. Merci de me conduire chez Béa Swanson, 316, Calvert Street.* Au verso, Willy aurait pu écrire quelques mots à l'intention de Mrs. Swanson, en lui expliquant ce qui lui était arrivé et pourquoi elle devait donner un foyer à son chien. Après le départ de Mr. Bones dans les rues, il y aurait eu de fortes chances pour qu'un inconnu charitable lise le message et exécute ce qui y était demandé, et, en l'espace de quelques heures, Mr. Bones se serait retrouvé paisiblement roulé en boule sur le tapis du salon chez sa nouvelle propriétaire. En s'éloignant de la flaque pour continuer son chemin, Mr. Bones se demanda comment lui, un simple chien, avait pu avoir cette idée alors qu'elle n'était pas venue à l'esprit de Willy, qui était capable de pirouettes si ahurissantes et de si éblouissantes culbutes. Parce que Willy n'avait aucun sens pratique, voilà pourquoi, et parce qu'il avait le cerveau tout embrouillé, et parce qu'il était malade et mourant et plus en état de reconnaître le haut du bas. Au moins, il en avait parlé à Mrs. Swanson — ou du moins il allait le faire lorsque Mrs. Swanson serait arrivée à l'hôpital. « Passez la ville au peigne fin », lui demanderait-il, et, après lui avoir décrit en détail de quoi Mr. Bones avait l'air, il lui prendrait la main et la supplierait de faire ce qu'il fallait. « Il a besoin d'un foyer. Si vous ne l'accueillez pas, il est fichu. » Mais Willy n'allait pas mourir avant le lendemain, et lorsque Mrs. Swanson quitterait enfin l'hôpital pour rentrer chez elle, Mr. Bones aurait erré dans les rues toute la journée, toute la nuit et une bonne partie du jour suivant. Elle pourrait ne pas se sentir prête à le rechercher tout de suite, peut-être même pas avant le surlendemain, et Baltimore était une grande ville, une ville aux dix mille rues et ruelles, et qui savait où il serait alors? Pour que Mrs. Swanson et lui se retrouvent, il leur faudrait de la chance, une chance énorme, une chance à l'échelle d'un miracle. Et Mr. Bones, qui ne croyait plus aux miracles, se recommanda de ne plus y penser.

Il y avait des flaques en suffisance pour apaiser sa soif chaque fois qu'il se sentait la gorge sèche, mais se nourrir était une autre paire de manches, et après deux jours environ pendant lesquels il n'avait pas avalé une miette, son estomac criait famine. C'est ainsi que son corps prit peu à peu le dessus sur son esprit, et que ses méditations amères sur les occasions manquées cédèrent le pas à la recherche désespérée de quelque chose à se mettre sous la dent. La matinée touchait à sa fin, l'après-midi commençait même, peut-être, et les gens avaient fini par se mettre en branle, ils étaient sortis de leur torpeur dominicale et traînaient savates dans leurs cuisines en préparant petits déjeuners ou brunchs. De presque toutes les maisons devant lesquelles il passait venaient vers lui des odeurs de bacon en train de frire sur les poêles, d'œufs cuisant à petit feu et de toasts sautant des grille-pain. C'était un sale tour, pensait-il, une agression cruelle dans l'état d'angoisse et de quasi-mort de faim qui était alors le sien mais, résistant à la tentation d'aller mendier aux portes, il continua d'avancer. Les leçons de Willy avaient porté. Un chien errant n'a pas d'amis, et s'il se rend désagréable devant quelqu'un de mal disposé, il se fait expédier à la fourrière — l'endroit d'où aucun chien n'est jamais revenu.

S'il avait eu l'habitude de chasser et de se procurer sa nourriture par lui-même, il se serait senti moins désarmé. Mais il avait passé trop d'années à rouler sa bosse auprès de Willy, dans le rôle de confident et de *chien à tout faire**, et les quelques instincts de loup qu'il avait pu posséder à la naissance s'étaient depuis longtemps atrophiés et perdus. Il était devenu une faible créature civilisée, un chien pensant au lieu d'un chien sportif, et aussi loin que remontaient ses souvenirs, ses besoins matériels avaient été pris en charge par un autre. Mais le marché était bien celui-là, n'est-ce pas ? L'homme vous donnait de quoi manger et un endroit où dormir, et vous, en échange, vous lui donniez amour et loyauté éternelle. A présent que Willy avait disparu, Mr. Bones allait devoir désapprendre tout ce qu'il savait et tout recommencer. Des changements d'une telle amplitude étaient-ils possibles ? Mr. Bones avait rencontré jadis des chiens sans feu ni lieu, et il n'avait jamais éprouvé envers eux que de la pitié — de la pitié, avec une touche de dédain. La solitude de leur existence était trop brutale à envisager, et il avait toujours gardé prudemment ses distances car il se méfiait des tiques et des puces cachées dans leur pelage et il évitait de s'en approcher par crainte que les maladies et le désespoir qu'ils trimbalaient ne le gagnent. Sans doute était-il devenu snob, mais il pouvait toujours reconnaître à une centaine de mètres de distance l'une de ces créatures abjectes. Ils avaient une allure différente de celle des autres chiens, un trottinement furtif et inquiet de mendiant, la queue en berne, courant dans les avenues comme s'ils étaient en retard pour un rendez-vous quelque part — alors qu'en réalité ils n'allaient nulle part, ne faisaient que tourner en rond, perdus dans les limbes séparant un nulle part du suivant. A présent, comme il atteignait un nouveau carrefour et traversait la rue, Mr. Bones s'aperçut qu'il avait, lui aussi, cette allure. Moins d'une heure s'était écoulée depuis qu'il avait donné à son maître le baiser d'adieu, et déjà il était l'un d'entre eux.

Ainsi cheminant, il déboucha bientôt sur un rond-point au milieu duquel se trouvait un îlot. Une grande statue s'y dressait et, après examen de l'œuvre à distance, Mr. Bones décida qu'elle devait représenter un soldat à cheval, l'épée brandie comme s'il s'apprêtait à se lancer au combat. Il y avait plus intéressant : une bande de pigeons était perchée à divers endroits du corps du soldat, sans parler de nombreux endroits sur l'énorme cheval de pierre, et compte tenu de la présence, en dessous, d'oiseaux de plusieurs espèces — roitelets, moineaux, allez savoir leurs noms — Mr. Bones se demanda si le moment n'était pas venu de mettre à l'épreuve ses talents de chasseur. Puisqu'il ne pouvait plus compter sur les gens pour sa nourriture, quelle autre possibilité avait-il que de compter sur lui-même ?

La circulation était devenue plus dense, à ce moment, et pour en traverser le flot il fallut à Mr. Bones un jeu de jambes agile : éviter les voitures, s'arrêter, se précipiter, attendre de nouveau, calculer ses mouvements afin de ne pas se faire heurter. A un moment donné, un motocycliste passa près de lui dans un rugissement, tel un éclair de métal noir étincelant soudain surgi de rien, et Mr. Bones dut faire un bond de côté pour l'esquiver, ce qui le plaça pile devant une voiture qui arrivait, un gros machin jaune avec une grille comme un moule à gaufres, et si Mr. Bones n'était pas revenu d'un nouveau bond à l'endroit où il se trouvait une seconde auparavant (celui-là même que la motocyclette venait de quitter), ç'aurait été sa fin. Deux ou trois klaxons se firent entendre, un homme passa la tête à la portière d'une voiture et cria quelque chose qui ressemblait à « sale bâtard » ou à « va te faire voir » et Mr. Bones fut touché au vif par l'insulte. Il avait honte, il se sentait humilié de s'être montré si lamentable. Il n'était même pas capable de traverser la rue sans histoires, et s'il s'avérait que des choses aussi simples que celle-là étaient trop difficiles pour lui, que se passerait-il quand il se trouverait devant de réelles difficultés ? Il finit par arriver là où il voulait aller, mais lorsqu'il se retrouva hors de danger sur le terre-plein, il se sentait si bouleversé, si mécontent de soi qu'il aurait de très loin préféré ne s'être jamais risqué dans cette traversée.

Par chance, le flot des voitures l'avait obligé à faire le grand tour, et il avait pris pied du côté nord de l'îlot. Sous cet angle, il voyait le dos de la statue, la partie comprenant la croupe du cheval et les pointes des éperons du soldat, et comme la plupart des pigeons s'étaient rassemblés autour de la partie avant, Mr. Bones disposait d'un peu de temps pour reprendre haleine et se préparer à l'action. Il n'avait jamais été de ceux qui chassent les oiseaux, mais il avait observé la façon dont s'y prenaient les autres chiens et il en avait appris assez pour s'être formé une idée assez juste de ce qu'il ne fallait pas faire. On ne pouvait pas se contenter de foncer dans le tas en comptant sur sa chance, par exemple, on ne pouvait pas faire de bruit, et on ne pouvait pas courir, quelle qu'en fût la tentation. On n'était pas là pour effrayer les pigeons, après tout. L'objectif consistait à en saisir un dans sa gueule, et dès l'instant où on se mettrait à courir, ils s'envoleraient à tire-d'aile. Voilà un autre point à ne pas oublier, se dit-il. Les pigeons peuvent voler et les chiens pas. Les pigeons pouvaient bien être plus bêtes que les chiens, c'était parce que Dieu leur avait donné des ailes au lieu de cervelle, et s'il voulait surmonter ce handicap, un chien devait descendre en lui-même pour faire appel à tous les trucs que la vie lui avait appris.

La circonspection s'imposait. Une attaque furtive derrière les lignes ennemies. Mr. Bones s'avança jusqu'à la face ouest du socle et s'arrêta à l'angle pour jeter un coup d'œil. Il devait bien y avoir là dix-huit ou vingt pigeons en train de se pavaner au soleil. Visant l'oiseau le plus proche, il s'aplatit, le ventre à ras du sol, et se mit à ramper, en progressant le plus lentement et le plus subrepticement qu'il pouvait. A l'instant où il apparut, deux ou trois moineaux s'envolèrent du sol et allèrent prendre position sur la tête du cavalier, mais les pigeons ne semblaient pas le remarquer. Ils continuaient à vaquer à leurs affaires, à roucouler et à plastronner, petites cervelles d'oiseaux qu'ils étaient, et en s'approchant de sa victime élue, Mr. Bones put apprécier quel beau spécimen dodu c'était, une prise de premier ordre, en vérité. Il allait viser son cou, bondir sur elle par-derrière, les mâchoires écartées, et s'il sautait au bon moment elle n'aurait pas une chance. Tout se réduisait à une question de patience, à savoir quand frapper. Il s'arrêta, ne voulant pas éveiller de soupçons, s'efforçant de se fondre dans le paysage, de paraître aussi immobile et inanimé que le cheval de pierre. Il n'avait plus qu'à s'approcher encore un peu, à réduire la distance d'un pied ou deux avant de déclencher l'action en vue du coup final. Il respirait à peine, à ce moment-là, ne remuait pas un muscle, et pourtant à sa droite, à l'extérieur du groupe, une demi-douzaine de pigeons battirent soudain des ailes et s'envolèrent, s'élevant vers la statue tel un escadron d'hélicoptères. Cela semblait à peine possible. Il avait tout fait selon les règles, sans une fois dévier du plan qu'il s'était fixé, et pourtant ils l'avaient repéré et s'il n'agissait pas vite toute l'opération allait tomber à l'eau. Devant lui, la petite pièce de choix, en quelques dandinements rapides et assurés, se retirait hors d'atteinte. Un autre pigeon s'envola, et puis un autre, et puis encore un autre. C'était un déchaînement infernal et Mr. Bones, qui jusque-là s'était maîtrisé de la façon la plus stricte et la plus admirable, ne trouva rien de mieux à faire que de bondir sur ses pattes pour se précipiter sur sa victime. Un geste désespéré, irréfléchi, qui faillit réussir. Il sentit battre une aile contre sa truffe à l'instant où il ouvrait la gueule, mais ce fut tout. Son repas s'envola dans les airs, s'échappant en même temps que tous les autres oiseaux de l'îlot, et voilà, il ne reste qu'à se représenter Mr. Bones, seul soudain, en train de galoper en tous sens, frénétique de frustration, et de sauter en l'air en aboyant, en aboyant contre tous ces oiseaux, en aboyant de rage et de déconfiture, et longtemps après que le dernier oiseau avait disparu derrière le clocher de l'église de l'autre côté de la rue, il aboyait toujours — contre lui-même, contre la vie, contre rien.

Deux heures plus tard, il découvrit un cône de crème glacée en train de fondre sur le trottoir près du musée maritime (vanille à la cerise, avec des petits bouts de fruit confit plantés dans cette masse molle et sucrée) et puis, moins d'un quart d'heure après, il tomba sur les restes d'un repas de *Kentucky Fried Chicken* que quelqu'un avait abandonné sur un banc public — une boîte rouge et blanche contenant trois cuisses de poulet entamées, deux ailes intactes, un biscuit et une portion de purée de pommes de terre trempant dans une sauce brune et salée. Manger contribua à le réconforter un peu, mais moins qu'on ne pourrait le croire. La débâcle sur l'îlot l'avait profondément secoué, et pendant des heures, après cela, le souvenir de son attaque manquée continua de lui poignarder la conscience. Il s'était couvert de honte, et même s'il s'efforçait de ne pas trop penser à ce qui s'était passé, il ne pouvait échapper à l'idée qu'il était vieux et fourbu, pour tout dire, fini.

Il passa la nuit dans un terrain vague, blotti sous une profusion de mauvaises herbes et d'étoiles minuscules, à peine capable de garder les yeux fermés pendant plus de cinq minutes ininter-rompues. Si la journée avait été mauvaise, la nuit fut pire encore, car c'était la première qu'il eût jamais passée seul et il ressentait si fort l'absence de Willy, elle était si palpable dans l'air qui l'entourait, que Mr. Bones ne fit guère que rester couché sur son lopin de terre en languissant après la proximité du corps de son maître. Quand il sombra enfin dans quelque chose qui ressemblait à un sommeil véritable, le matin était presque là et, trois quarts d'heure après, les premiers rayons du soleil levant forcèrent ses yeux à s'ouvrir. Il se leva et se secoua, et à cet instant une étrange pesanteur l'envahit. Ce fut comme si soudain tout s'était obscurci, comme si une éclipse se produi-sait dans son âme, et bien qu'il ne comprît jamais très bien comment il l'avait su, il eut la certitude que le moment était venu pour Willy de quitter ce monde. C'était exactement ce que le rêve avait pré-dit. Son maître était sur le point de mourir, et dans une minute sœur Margaret allait entrer dans la chambre et présenter le miroir devant ses lèvres, et puis Mrs. Swanson se cacherait le visage dans les mains et se mettrait à pleurer.

Quand arriva l'instant fatal, ses pattes se déro-bèrent sous lui et il s'affaissa sur le sol. On eût dit que l'air lui-même l'avait écrasé, et pendant quel-ques minutes il demeura là, gisant entre les cap-sules de bière et les canettes vides, incapable de bouger. Il avait l'impression que son corps allait se désintégrer, que ses fluides vitaux allaient se répandre et que, une fois asséché, il ne serait plus qu'une carcasse raidie, une masse inerte d'ex-chien en train de pourrir sous le soleil du Maryland. Et puis, aussi inopinément qu'elle était advenue, cette pesanteur disparut, et il sentit de nouveau en lui le mouvement de la vie. Mais Mr. Bones n'avait désormais de plus grand désir que l'anéantissement, et au lieu de se lever et de s'en aller de l'endroit où il avait vécu la mort de Willy, il bascula sur le dos et écarta largement les pattes — exposant au ciel sa gorge, son ventre et son sexe. Il était, dans cette position, d'une vulné-rabilité absolue. Étalé, avec l'innocence d'un chiot, il attendait que Dieu le frappât à mort, bien résolu à s'offrir en sacrifice puisque son maître avait disparu. Quelques minutes passèrent. Mr. Bones ferma les yeux, se préparant à accueil-lir sans flancher le coup éblouissant et extatique venu d'en haut, mais Dieu ne faisait pas attention à lui — ou bien Il ne le trouvait pas — et, peu à peu, tandis qu'au-dessus de lui le soleil brillait entre les nuages, Mr. Bones comprit que son destin n'était pas de mourir ce matin-là. Il roula sur lui-même et se remit sur ses pieds. Et puis, la tête renversée vers le ciel, il remplit ses poumons d'air et poussa un long et puissant hurlement.

Vers dix heures, il avait été adopté par une bande de six gamins d'une douzaine d'années. Au début, il crut à un coup de chance, et pendant une heure ou deux il fut traité comme un roi. Les gar-çons le nourrissaient de bretzels, de hot-dogs et de croûtes de pizza, et en échange de leur générosité Mr. Bones les amusait de son mieux. Il n'avait jamais eu beaucoup affaire à des enfants, mais il en avait vu assez au cours des années pour les savoir imprévisibles. Ceux-ci lui paraissaient par-ticulièrement chahuteurs et turbulents. Ils étaient railleurs, crâneurs et vantards, et, après avoir passé quelque temps avec eux, Mr. Bones remarqua qu'ils semblaient prendre un plaisir peu commun à se bourrer de coups de poing et à s'envoyer subrepticement des taloches. Ils finirent par arriver dans un parc, et pendant une heure environ les gamins jouèrent au football, en se rentrant les uns dans les autres avec une véhémence telle que Mr. Bones se prit à craindre que l'un d'eux ne se fît mal. Les vacances d'été tiraient à leur fin. La rentrée des classes approchait, et l'envie de faire des bêtises démangeait les enfants énervés par la chaleur et l'ennui. Leur partie terminée, ils descendirent sur la rive d'un étang et se mirent à faire des ricochets à la surface de l'eau. Ce jeu dégénéra rapidement en compétition — à qui ferait faire à sa pierre le plus grand nombre de sauts —, laquelle à son tour entraîna plusieurs disputes violentes. Mr. Bones, qui avait horreur des conflits sous quelque forme que ce fût, décida de casser cette atmosphère de plus en plus acariâtre en plongeant dans l'eau pour ramener une des pierres. Il n'avait jamais trouvé bien intéressant de rapporter des objets — un sport dont Willy n'était pas partisan, le considérant comme indigne de l'intelligence de Mr. Bones — mais il savait combien les gens paraissaient impressionnés quand un chien revenait au galop vers son maître avec un bâton ou une balle dans la gueule et, surmontant ses goûts personnels, il se lança. Son plongeon provoqua dans l'étang une violente commotion, et alors même qu'il nageait sous l'eau et attrapait avec adresse entre ses mâchoires un caillou en train de s'enfoncer, il entendit que l'un des garçons lui reprochait vertement le désordre dont il était la cause. Le jeu était fichu, criait-il, et il faudrait au moins cinq minutes avant que l'eau redevienne assez calme pour qu'on pût s'y remettre. C'est bien possible, se disait Mr. Bones tout en pataugeant vers la rive, mais imaginez son étonnement quand je déposerai ce petit bijou à ses pieds. Ce n'est pas donné à n'importe quel chien de réussir un truc pareil. Et pourtant, quand il arriva devant le gamin en colère et laissa tomber la pierre, c'est un coup de savate dans les côtes qui l'accueillit. « Crétin de chien, dit le gamin, qu'est-ce qui te prend de saloper notre eau? » Mr. Bones poussa un glapissement de douleur et de surprise, et aussitôt une nouvelle dispute éclata entre les garçons. Certains condamnaient le coup de pied, d'autres l'approuvaient, et bientôt deux d'entre eux roulaient çà et là sur le sol dans les bras l'un de l'autre, incarnant une fois de plus l'éternel combat de la force et du droit. Mr. Bones se retira à une distance prudente de quelques mètres, secoua l'eau de sa toison et puis resta immobile, attendant que l'un des plus gentils le rappelle. Si disposé qu'il se montrât à enterrer la hache de guerre, personne ne lui jeta même un regard. La lutte continua, et quand elle s'acheva enfin, l'un des garçons le repéra, ramassa un caillou et le jeta vers lui. Il le manqua de près d'un mètre, mais Mr. Bones en avait vu assez pour saisir le message. Il tourna les talons et s'enfuit, et malgré les appels d'un ou deux des gamins qui lui criaient de revenir, il ne cessa de courir qu'après être arrivé à l'autre bout du parc.

Pendant une heure, il bouda sous un fourré d'aubépines. Le coup de pied n'avait pas été bien sérieux, mais il se sentait l'âme endolorie et il était mécontent de lui-même pour avoir si mal interprété la situation. Il allait devoir apprendre, se dit-il, à se montrer plus prudent, moins confiant, à s'attendre au pire de la part des gens jusqu'à ce qu'ils aient démontré leurs bonnes intentions. C'était une triste leçon à apprendre à un âge aussi avancé, il s'en rendait compte, mais, s'il voulait pouvoir affronter les difficultés qui l'attendaient, il lui faudrait s'endurcir et se mettre au pas. Ce dont il avait besoin, c'était de se fixer quelques principes généraux, des règles de conduite auxquelles se référer dans les moments de crise. En se basant sur ses expériences récentes, il n'était pas compliqué de poser le premier article de la liste. Plus de gosses. Plus personne en dessous de seize ans, particulièrement si ces personnes étaient des garçons. Ceux-là étaient sans compassion, et du moment qu'on dépouillait l'âme d'un bipède de cette qualité, ce bipède ne valait pas mieux qu'un chien enragé.

Au moment précis où il s'apprêtait à s'extirper de sous les buissons pour reprendre sa route, il aperçut une savate blanche à moins de deux pieds de son nez. Elle ressemblait si fort à la savate qui venait de lui enfoncer les côtes que Mr. Bones faillit avaler sa salive de travers. Le chenapan était-il revenu pour continuer le travail? Le chien se ramassa, se blottit au plus profond du fouillis d'épines et de branches basses, non sans s'écorcher le poil au passage. Triste situation que la mienne, pensait-il, mais quelle alternative avait-il? Il fallait qu'il reste caché, aplati sur le ventre avec une douzaine de piquants enfoncés dans le dos, en espérant que son persécuteur se lasserait d'attendre et partirait.

Mais une telle chance ne devait pas être accordée à Mr. Bones ce jour-là. Le malotru restait sur ses positions, il refusait d'abandonner, et au lieu de s'en aller faire des bêtises dans un autre coin du parc, il s'accroupit devant les buissons et en écarta les branches pour regarder à l'intérieur. Mr. Bones gronda, prêt à se jeter sur le voyou si nécessaire.

« N'aie pas peur, dit le garçon. Je ne vais pas te faire de mal. »

Pas de mal, tu parles! pensa Mr. Bones, et parce qu'il se sentait encore trop effrayé pour baisser sa garde, il ne se rendit pas compte que la voix douce qui lui parvenait entre les branchages n'était pas un faux-semblant — c'était la voix d'un tout autre garçon.

« J'ai vu ce qu'ils t'ont fait, dit celui-ci. Ils sont nuls, ces types. Je les connais de l'école. Ralph Hernandez et Pete Bondy. Si tu traînes avec des crétins pareils, il t'arrivera toujours des misères. »

Tout en parlant, le nouveau venu avait suffisamment enfoncé la tête sous les buissons pour que Mr. Bones pût distinguer ses traits, et le chien comprit enfin qu'il ne se trouvait pas face à son tourmenteur. Le visage qu'il voyait était celui d'un Chinois de dix ou onze ans, et en cet instant premier et indélébile, il parut à Mr. Bones que c'était l'un des visages humains les plus aimables qu'il avait jamais eu le bonheur de contempler. Et tant pis pour les principes généraux et les règles de conduite. Ce gosse ne lui voulait pas de mal, et s'il se trompait sur ce point, Mr. Bones était prêt à rapporter son badge de chien et à passer le restant de ses jours sous la forme d'un porc-épic.

« Je m'appelle Henry, fit le garçon. Henry Chow. Et toi? »

Ah! se dit Mr. Bones. Un petit malin. Et comment se figure-t-il que je vais lui répondre?

Tout de même, tant de choses pouvaient dépendre de cette conversation, que Mr. Bones décida de faire de son mieux. Enfoui sous les broussailles et les feuilles mortes, il releva la tête et émit une série de trois aboiements rapides : oua' oua' ouâh. Un anapeste parfait, qui accordait à chaque syllabe de son nom l'accent, l'équilibre et la durée voulus. Pendant quelques brèves secondes, ce fut comme si les mots *Mister Bones* s'étaient trouvés réduits à leur essence sonore, à la pureté d'une phrase musicale.

« Bon chien, dit le jeune Henry en avançant la main droite comme une offre de paix. Tu saisis vite, hein ? »

Mr. Bones aboya une fois de plus afin d'exprimer son accord, et puis il se mit à lécher la paume ouverte de la main tendue devant lui. Petit à petit, Henry le persuada de renoncer à la sécurité de sa cachette, et lorsque Mr. Bones en fut sorti entièrement, le garçon s'assit par terre avec lui et, tout en lui prodiguant caresses sur la tête et baisers sur la figure, le débarrassa soigneusement des feuilles et des brindilles emberlificotées dans son pelage.

Ainsi commença une amitié exemplaire entre chien et garçon. En âge, trois ans et demi seulement les séparaient, mais le garçon était jeune et le chien était vieux et, à cause de cette différence, chacun d'eux put donner à l'autre quelque chose qu'il n'avait jamais possédé. A Mr. Bones, Henry apportait la preuve que l'amour n'est pas une substance quantifiable. Il y en avait toujours de reste quelque part, et même après qu'on avait perdu un amour, il n'était pas du tout impossible d'en trouver un autre. A Henry, enfant unique de parents qui faisaient de longues journées de travail et qui lui refusaient obstinément la permission d'avoir un animal dans l'appartement, Mr. Bones apportait la réponse à ses prières.

Cette alliance naissante n'allait pas, néanmoins, sans ses chausse-trappes ni ses dangers. Dès qu'Henry se mit à parler de son père, Mr. Bones comprit que le pari d'unir son destin à celui de ce garçon comportait plus de risques qu'il n'y avait paru au premier abord. Ils cheminaient en flânant vers la rue où habitait la famille Chow, et pendant qu'Henry poursuivait la description des différents problèmes auxquels ils allaient tous deux devoir faire face, Mr. Bones se sentit passer de l'inquiétude à la crainte et de la crainte à la terreur. Il était assez grave, déjà, que le père d'Henry n'aimât pas les chiens et que l'accès à la maison dût être interdit à Mr. Bones. Il y avait pire encore, c'était que même après qu'Henry lui aurait trouvé un asile, le secret de sa présence devrait être gardé devant Mr. Chow. Si le père d'Henry soupçonnait n'importe où dans le voisinage ne fût-ce que l'ombre du chien, la punition serait tellement sévère que le garçon souhaiterait n'être jamais né. Étant donné que Mr. Chow habitait et travaillait dans le même immeuble, il paraissait aberrant d'imaginer que cette découverte pourrait être évitée. L'appartement familial se trouvait à l'étage et l'entreprise familiale au rez-de-chaussée, et le père d'Henry était toujours là, qu'il dorme ou qu'il travaille, le matin, à midi et la nuit.

« Je sais que ça se présente plutôt mal, dit Henry. Mais j'ai envie de tenter le coup, si tu es d'accord. »

Bon, à tout le moins, l'enfant avait du caractère. Et une voix agréable de surcroît, ajouta Mr. Bones, qui faisait de son mieux pour voir le bon côté des choses et apprécier sa chance. Ce qu'il ignorait encore, toutefois, à ce moment, c'est que le pire n'était pas dit. Il avait entendu le mauvais, il avait entendu le plus mauvais, mais ce n'est que lorsque Henry se mit à parler de cachettes qu'il comprit pleinement l'horreur de sa situation.

Il y avait la ruelle, disait Henry. C'était une possibilité, et si Mr. Bones acceptait de dormir dans une caisse de carton et promettait de ne faire aucun bruit, ils pourraient s'en tirer. Il y avait une autre possibilité, c'était la cour, derrière la maison. Elle n'était pas très grande — rien de plus qu'un carré de mauvaises herbes, à vrai dire, avec quelques vieux frigos et des étagères métalliques rouillées alignées le long de la clôture — mais les serveurs venaient parfois y fumer et, presque tous les soirs, surtout quand il faisait chaud, son père aimait passer quelques minutes à s'y promener après avoir fermé le restaurant pour la nuit. Il appelait ça « boire les étoiles » et, d'après Henry, il dormait toujours mieux s'il avait eu sa petite dose de ciel avant de monter se mettre au lit.

Henry s'étendit un moment sur les habitudes vespérales de son père, mais Mr. Bones n'écoutait plus. Le mot fatal avait franchi les lèvres du garçon et dès qu'il eut compris que le *restaurant* en question n'était pas un quelconque débit de hot-dogs mais un *restaurant chinois,* il se sentit prêt à tourner les talons et à s'enfuir. Combien de fois Willy l'avait-il mis en garde contre de tels endroits ? La veille encore, il l'avait sermonné pendant un quart d'heure à ce sujet, et Mr. Bones allait-il à présent ignorer ce conseil et trahir la mémoire de son maître bien-aimé ? Cet Henry était un petit bonhomme bien sympathique, mais si les paroles de Willy contenaient fût-ce une infime parcelle de vérité, rester avec ce garçon reviendrait à signer sa propre condamnation à mort.

Et pourtant, il ne pouvait se résoudre à prendre la fuite. Il n'avait passé que quarante minutes en compagnie d'Henry, et déjà l'attachement était trop fort pour qu'il pût filer sans dire au revoir. Déchiré entre la peur et l'affection, il adopta un parti intermédiaire, qui était pour lui le seul parti possible en ces circonstances. Il s'arrêta, c'est tout — il s'arrêta net sur le trottoir, se coucha sur le sol et se mit à gémir. Henry, qui n'avait guère l'expérience des chiens, n'avait aucune idée de ce que représentait ce geste soudain et inattendu. Il s'accroupit à côté de Mr. Bones afin de lui caresser la tête, et le chien, empêtré dans une torturante indécision, ne put s'empêcher de remarquer la douceur de ces caresses.

« Tu es crevé, dit Henry. Et moi je bavarde, alors que tu es tout fatigué, que tu as faim, et j'ai même pas pensé à te donner à manger ! »

Vint alors un Big Mac, suivi d'une portion de frites, et lorsque Mr. Bones eut dévoré ces cadeaux délectables, son cœur ne fut plus que cire tiède entre les mains du garçon. Enfuis-toi d'ici, se dit-il, et tu mourras dans les rues. Accompagne Henry chez lui, et tu mourras, là aussi. Mais au moins tu seras avec lui, et puisque la mort est partout, qu'est-ce que ça peut faire, où tu vas ?

Et c'est ainsi que Mr. Bones, contrevenant aux préceptes de son maître, s'en vint habiter aux portes de l'enfer.

Son nouveau logement était une caisse de carton qui avait contenu un jour un climatiseur géant. Par précaution, Henry l'avait coincée entre la clôture en gros treillis et l'un des vieux frigos abandonnés dans la courette. C'était là que Mr. Bones dormait la nuit, roulé en boule dans sa cellule obscure jusqu'à ce que son ami vînt le chercher le matin, et parce que Henry était un garçon intelligent et qu'il avait creusé un trou sous la clôture, Mr. Bones pouvait se faufiler dans le jardin voisin — évitant ainsi les deux portes du restaurant, celle de derrière et celle qui donnait sur la ruelle — et retrouver son jeune maître à l'autre bout du pâté de maisons pour reprendre leurs balades quotidiennes.

Ne croyez pas que le chien n'avait pas peur, et ne croyez pas qu'il ne se rendait pas compte des périls qui l'entouraient — mais, en même temps, sachez aussi qu'il ne regretta pas un seul instant sa décision de faire équipe avec Henry. Le restaurant constituait pour lui une source inépuisable de mets savoureux et, pour la première fois depuis la mort de *Mama-san*, quatre ans auparavant, Mr. Bones mangeait à satiété. Côtes basses et beignets, nouilles de sésame et riz sauté, tofu à la sauce brune, canard braisé et *wontons* plus légers que l'air : la variété semblait infinie, et une fois initié aux gloires de la cuisine chinoise, il ne se contenait qu'avec peine lorsqu'il pensait à ce qu'Henry allait lui apporter. Son ventre n'avait jamais été plus satisfait, et si sa digestion pâtissait parfois des excès d'épices ou d'assaisonnement, ces éruptions intestinales occasionnelles lui paraissaient un petit prix à payer pour le plaisir de tels repas. Le seul défaut de ce régime capiteux, c'était l'angoisse que l'ignorance infligeait à son âme chaque fois que sa langue découvrait un goût non identifié. Les préjugés de Willy étaient devenus ses craintes, à lui, et lorsqu'il goûtait à une préparation nouvelle et inconnue, Mr. Bones ne pouvait s'empêcher de se demander s'il mangeait l'un de ses semblables. Paralysé soudain par le remords, il cessait alors de mâcher, mais il était toujours trop tard. Déjà ses sucs salivaires étaient libérés, ses papilles gustatives avides de ce qu'elles venaient de découvrir, et chaque fois son appétit l'emportait. Après la brève interruption, sa langue se jetait sur la nourriture et avant même qu'il ait pu se dire qu'il était en train de commettre un péché, l'assiette était nettoyée. Il passait toujours, ensuite, par un moment de tristesse. Et puis, s'efforçant d'apaiser sa mauvaise conscience, il se disait que si tel devait être son sort, à lui aussi, tout ce qu'il espérait, c'était d'avoir aussi bon goût que ce qu'il venait de savourer.

Henry acheta plusieurs paquets de graines de radis et les sema dans la terre près du carton de Mr. Bones. Le jardinage lui servait de couverture, et toutes les fois que ses parents lui demandaient pourquoi il passait tant de temps dans la cour, il lui suffisait de parler de ses radis pour qu'ils s'éloignent en hochant la tête. Cela paraissait curieux de commencer un jardin si tard dans la saison, avait dit son père, mais Henry tenait toute prête une réponse à cette question. Les radis germent en dix-huit jours, avait-il déclaré, et ils auraient poussé bien avant l'arrivée du froid. Malin, cet Henry. Il réussissait toujours à trouver des arguments qui le tiraient des difficultés, et grâce à l'habileté avec laquelle il chipait dans le sac de sa mère piécettes ou billets d'un dollar égarés, et à ses razzias nocturnes sur les restes à la cuisine, il organisa pour lui-même et pour son nouvel ami une existence plus que tolérable. Il n'était pour rien dans les quelques frousses carabinées que son père infligea à Mr. Bones en descendant au jardin en pleine nuit afin de surveiller la pousse des radis. Chaque fois que le rayon de sa torche balayait le terrain devant la caisse de Mr. Bones, le chien tremblait dans l'obscurité de sa niche, certain que sa fin était venue. Une ou deux fois, le relent de peur qui montait de son corps fut si âcre que Mr. Chow s'arrêta bel et bien pour humer l'air, comme s'il soupçonnait quelque chose d'anormal. Mais il n'avait aucune idée de ce qu'il cherchait et, après un instant ou deux de réflexion intriguée, il marmonnait une série de mots chinois incompréhensible et rentrait dans la maison.

Si affreuses que fussent ces nuits, Mr. Bones les oubliait toujours dès qu'il apercevait Henry le matin. Les journées des deux compères commençaient à leur coin secret, juste devant la poubelle et le distributeur de journaux automatique, et pendant huit à dix heures, le restaurant et la caisse en carton auraient aussi bien pu n'être que des images d'un mauvais rêve. Ensemble, le chien et l'enfant se promenaient dans la ville, errant çà et là sans intention particulière, et cette absence de préméditation dans leur emploi du temps rappelait si bien les jours passés avec Willy à la va comme je te pousse que Mr. Bones comprenait sans aucune difficulté ce qu'on attendait de lui. Henry était un enfant solitaire, habitué à vivre seul et plongé dans ses pensées, et à présent qu'il avait un camarade avec qui partager ses journées, il parlait sans discontinuer, se déchargeait des méditations les plus infimes et les plus éphémères qui passaient par son cerveau de onze ans. Mr. Bones adorait l'écouter, il adorait le flot de paroles qui accompagnait leurs pas, et parce que ces monologues échevelés lui rappelaient, eux aussi, son défunt maître, il se demandait parfois si Henry Chow n'était pas le véritable et légitime héritier de Willy G. Christmas, l'esprit réincarné du seul et unique en personne.

Ceci ne veut pas dire, pour autant, que Mr. Bones comprenait toujours ce dont parlait son nouveau maître. Les préoccupations d'Henry étaient radicalement différentes de celles de Willy et le chien se sentait souvent perdu quand le garçon abordait un de ses sujets de prédilection. Comment aurait-on pu s'attendre à ce que Mr. Bones sût ce que c'est qu'une « moyenne des points mérités » ou combien de matchs manquaient aux *Orioles* * dans les classements ? De toutes les années qu'il avait passées avec Willy, le poète n'avait pas une seule fois abordé le sujet du base-ball. Désormais, du jour au lendemain, on eût dit que c'était devenu une question de vie ou de mort. La première chose que faisait Henry le matin après avoir retrouvé Mr. Bones à leur coin de rue consistait à glisser quelques pièces dans le distributeur de journaux afin d'acheter un exemplaire du *Baltimore Sun*. Alors, traversant la rue

---

* *Orioles*, le nom de l'équipe de base-ball de Baltimore, signifie loriots. *(N.d.T.)*

en hâte, il allait s'asseoir sur un banc, prenait les pages consacrées au sport et lisait à Mr. Bones le compte rendu du match de la veille. Si les loriots avaient gagné, sa voix débordait de bonheur et d'excitation. Si les loriots avaient perdu, il avait la voix triste et désolée, parfois même teintée de colère. Mr. Bones apprit à espérer les victoires et à craindre la perspective des défaites, mais il ne comprit jamais tout à fait ce qu'Henry voulait dire quand il parlait de « l'équipe ». Un loriot était un oiseau, pas un groupe d'hommes, et si la créature orange sur la casquette noire d'Henry était en effet un oiseau, comment celui-ci pouvait-il se trouver impliqué dans quelque chose d'aussi astreignant et complexe que le base-ball ? Tels étaient les mystères du monde nouveau dans lequel il était entré. Des loriots se battaient contre des tigres, des geais bleus luttaient contre des anges, des oursons faisaient la guerre à des géants, et tout cela n'avait ni queue ni tête. Un joueur de base-ball, c'était un homme, et pourtant, dès lors qu'il faisait partie d'une équipe, il était transformé en un animal, un mutant ou un esprit vivant au ciel auprès de Dieu.

Si l'on en croyait Henry, il y avait dans la bande de Baltimore un oiseau qui se distinguait des autres. Il s'appelait Cal, et bien qu'il ne fût guère qu'un loriot jouant à la balle, il paraissait incarner aussi bien les attributs de plusieurs autres créatures : l'endurance d'un cheval de trait, la bravoure d'un lion et la force d'un taureau. Tout cela était assez troublant, mais quand Henry décida que le nouveau nom de Mr. Bones serait également Cal — diminutif de Cal Ripken Junior the Second — le chien sombra dans un état de véritable perplexité. Non qu'il se sentît opposé au principe de la chose. Il n'était pas en mesure de dire à Henry quel était son vrai nom, après tout, et puisqu'il fallait que le garçon lui en donne un,

« Cal » lui semblait convenir aussi bien qu'un autre. Le seul problème, c'est que cela rimait avec « Al », et les quelques premières fois qu'il entendit Henry l'appeler ainsi, il pensa automatiquement au vieil ami de Willy, le pimpant Al Saperstein, le propriétaire de ce magasin de farces et attrapes à qui ils rendaient visite dans Surf Avenue, à Coney Island. Il revoyait soudain l'oncle Al, sur son trente et un avec son nœud papillon jaune et sa veste de sport pied-de-poule, et il se retrouvait dans la boutique, en train de suivre des yeux Willy qui déambulait le long des rayons en examinant les buzzeurs, les coussins péteurs et les cigares explosifs. Ça lui faisait de la peine de rencontrer Willy de cette manière, de voir son vieux maître surgir des ténèbres et se pavaner comme s'il vivait encore, et si l'on combinait ces souvenirs non désirés avec l'incessant bavardage d'Henry au sujet de Cal le loriot, et puis si l'on y ajoutait le fait que la moitié du temps, quand Henry prononçait le nom de Cal, il s'agissait en réalité de Mr. Bones, on ne trouvait guère étrange que le chien ne fût plus toujours certain de qui il était ni de ce qu'il était censé être.

Mais peu importe. Il venait à peine d'arriver sur la planète Henry, et il savait qu'il lui faudrait un peu de temps avant de s'y sentir tout à fait chez lui. Au bout d'une semaine avec le garçon, il commençait déjà à s'acclimater, et sans un mauvais tour du calendrier, nul ne saurait dire quels progrès ils auraient accomplis. Hélas, l'été n'est pas la seule saison de l'année, et l'arrivée du moment où Henry devait retourner à l'école sonna la fin des jours tranquilles passés en bavardages, en balades et en parties de cerfs-volants dans le parc. La dernière nuit avant son entrée en sixième, Henry se força à rester éveillé, couché dans son lit les yeux ouverts, jusqu'à ce qu'il fût certain que ses parents dormaient. Juste avant minuit, quand enfin la voie fut libre, il descendit sur la pointe des pieds l'escalier de derrière, sortit dans le jardin et se glissa dans le carton auprès de Mr. Bones. Il prit le chien dans ses bras et il lui expliqua en pleurant que désormais tout allait être différent. « Quand le soleil se lèvera demain matin, dit-il, ce sera la fin officielle du bon temps. Quel idiot, je suis, Cal! J'allais te trouver un autre endroit, quelque chose de mieux que cette caisse pourrie dans ce jardin pourri, et je ne l'ai pas fait. J'ai essayé, mais personne n'a voulu m'aider, et maintenant on n'a plus le temps. T'aurais jamais dû me faire confiance, Cal. Je suis un perdant. Je suis un foutu débile, et je rate tout. J'ai toujours tout raté et je raterai toujours. C'est comme ça quand on est un froussard. J'ai la frousse de parler de toi à mon père, et si je vais derrière son dos en parler à ma mère, elle le lui dira, de toute façon, et ça ne fera qu'empirer les choses. Tu es le meilleur ami que j'aie jamais eu, et tout ce que j'ai fait c'est te laisser tomber. »

Mr. Bones n'avait qu'une idée très vague de ce qu'Henry racontait. Le gamin sanglotait trop fort pour que ses paroles fussent compréhensibles, mais comme le torrent de syllabes hachées et de phrases bégayées ne tarissait pas, il devint de plus en plus manifeste que ce débordement n'était pas dû qu'à une humeur passagère. Il y avait quelque chose qui n'allait pas, et bien que Mr. Bones ne comprît qu'à peine ce dont il s'agissait, la tristesse d'Henry l'affectait et au bout d'une ou deux minutes il avait fait sien le chagrin de l'enfant. C'est ainsi que font les chiens. Ils ne comprennent pas toujours toutes les nuances des pensées de leurs maîtres, mais ils ressentent ce qu'ils ressentent, et dans ce cas-ci il n'y avait aucun doute que le jeune Henry Chow allait mal. Dix minutes

116

s'écoulèrent, et puis vingt minutes, et puis une demi-heure, et ils restaient là, le garçon et le chien, enchevêtrés dans l'obscurité de la caisse en carton, le garçon, les bras étroitement serrés autour du chien, pleurant toutes les larmes de son corps, et le chien qui gémissait par sympathie et relevait la tête de temps à autre pour lécher les larmes sur les joues de l'enfant.

A la longue, ils s'endormirent tous les deux. D'abord Henry, et puis Mr. Bones, et malgré la tristesse de l'occasion, malgré l'espace réduit et le manque d'air qui rendait la respiration difficile dans la caisse, Mr. Bones, encouragé par la chaleur du corps blotti contre le sien, appréciait le fait de ne pas devoir passer seul dans l'obscurité encore une nuit pleine de terreurs. Pour la première fois depuis qu'il avait perdu Willy, il dormit d'un sommeil calme et profond, insoucieux des dangers qui l'entouraient.

L'aube pointa. Une lueur rose filtrait par une jointure de la caisse en carton, et Mr. Bones remua, s'efforçant de se dégager des bras d'Henry afin de s'étirer. Il y eut quelques instants de remue-ménage mais, pendant que le chien se débattait en se heurtant aux parois de la niche, l'enfant continua de dormir, indifférent à la bousculade. Remarquable, la capacité de sommeil des enfants, songea Mr. Bones, réussissant enfin à trouver la place de détendre ses muscles noués, mais il était encore très tôt — à peine six heures — et, si l'on considérait l'épuisement qui avait dû être le sien après sa crise de larmes de la veille, il était logique, sans doute, qu'Henry fût encore mort au monde. Le chien examina le visage de l'enfant dans la pénombre incertaine — si lisse et rond en comparaison avec la vieille gueule velue de Willy — et observa de petites bulles de salive qui glissaient sur sa langue et s'amassaient à la commissure de ses lèvres entrouvertes. Le cœur de Mr. Bones s'enfla de tendresse. Du moment qu'Henry était avec lui, il se rendit compte qu'il serait volontiers resté pour toujours dans cette caisse.

Dix secondes après, un choc violent arracha Mr. Bones à sa rêverie. Le bruit lui tomba dessus telle une explosion, et avant que le chien ait pu l'identifier comme celui d'un coup de pied humain sur l'extérieur du carton, Henry avait ouvert les yeux et commencé à hurler. Alors le carton fut soulevé de terre. Un flot de lumière matinale s'y engouffra et, pendant un moment, Mr. Bones eut l'impression d'être devenu aveugle. Il entendit un homme qui criait en chinois et, un instant plus tard, la caisse volait dans les airs en direction du carré de radis d'Henry. Mr. Chow se tenait devant eux, vêtu d'un tricot de peau sans manches et d'un short bleu, et les veines de son cou saillaient tandis que continuait la tirade de mots incompréhensibles. Il brandissait un doigt tendu dont il désignait sans cesse Mr. Bones, et Mr. Bones aboyait contre lui, affolé par l'intensité de cette fureur, par le bruit des pleurs d'Henry, par le chaos soudain de toute cette scène d'hystérie. L'homme tentait d'atteindre Mr. Bones, mais le chien, dansant à reculons, restait à distance prudente. Mr. Chow se tourna alors vers le gamin, qui essayait déjà de s'échapper en passant par le trou sous la clôture et parce qu'il ne rampait pas assez vite, ou parce qu'il était parti trop tard, son père ne fut pas long à le remettre brutalement sur ses pieds et à lui frapper de la main l'arrière du crâne. A ce moment-là, Mrs. Chow était descendue au jardin, elle aussi, surgissant de la porte de derrière en chemise de nuit de flanelle, et tandis que Mr. Chow continuait à crier sur Henry, et qu'Henry continuait à pousser ses hurlements aigus de soprano, Mrs. Chow joignit bientôt sa voix au tintamarre en exprimant son mécontentement tant de son mari que de son fils. Mr. Bones avait battu en retraite dans le coin le plus éloigné du jardin. Il savait à présent que tout était perdu. Rien de bon ne pouvait résulter de cette bataille, en tout cas en ce qui le concernait, et si désolé qu'il fût pour Henry, il l'était plus encore pour lui-même. La seule solution consistait à se tirer de là, à lever le camp et à courir.

Il ne bougea pas avant que l'homme et la femme ne commencent à traîner l'enfant vers la maison. Quand ils arrivèrent près du seuil, Mr. Bones traversa précipitamment le jardin et se faufila par le trou sous la clôture. Il s'arrêta un instant pour attendre qu'Henry disparaisse derrière la porte. Mais au moment de passer celle-ci, le gamin échappa à ses parents, se tourna vers Mr. Bones et cria de sa voix angoissée et perçante : « Cal, ne me quitte pas ! Ne me quitte pas, Cal ! » Comme en réaction au désespoir de son fils, Mr. Chow ramassa une pierre et la lança vers Mr. Bones. Par un réflexe instinctif, le chien sauta en arrière, et à l'instant il eut honte de n'avoir pas tenu bon. Il vit la pierre rebondir, bruyante mais inoffensive, sur le treillis de la clôture. Alors il poussa trois aboiements d'adieu, en espérant que le garçon comprendrait qu'il tentait de lui parler. Mr. Chow ouvrit la porte, Mrs. Chow, d'une bourrade, fit entrer Henry, et Mr. Bones commença à courir.

Il ne savait pas du tout où il allait, mais ce qu'il savait, c'était qu'il ne pouvait pas s'arrêter, qu'il lui fallait continuer à courir jusqu'à ce que ses jambes cèdent sous lui ou que son cœur explose dans sa poitrine. S'il y avait pour lui le moindre espoir, le moindre soupçon de chance de vivre plus de quelques-uns des prochains jours, sinon quelques-unes des prochaines heures, il devait quitter Baltimore. Tout ce qu'il y a de mauvais au monde se trouvait dans cette ville. C'était un lieu de mort et de désespoir, d'ennemis des chiens et de restaurants chinois, et il n'avait évité qu'à un cheveu près de finir sous la forme d'une entrée non identifiée dans une petite boîte blanche à emporter. Dommage pour le garçon, bien sûr, mais vu la rapidité avec laquelle Mr. Bones s'était attaché à son jeune maître, il éprouvait étonnamment peu de regrets à le quitter. La caisse de carton avait sans aucun doute quelque chose à y voir. Les nuits qu'il avait passées là-dedans lui avaient paru presque impossibles à supporter, et à quoi bon une maison où on ne se sent pas en sécurité, où l'on est traité en hors-la-loi à l'endroit même qui devrait représenter un refuge? Ce n'était pas bien d'enfermer une âme dans une boîte noire. C'était ça qui arrivait après qu'on était mort, mais tant qu'on vivait, tant qu'on avait encore en soi un brin d'énergie, on se devait à soi-même et à tout ce qu'il y a de sacré en ce monde de ne pas se soumettre à de telles indignités. Être vivant, cela suppose qu'on respire; respirer suppose le grand air; et le grand air, cela supposait n'importe quel lieu qui ne fût pas Baltimore, dans le Maryland.

IV

Il courut sans trêve pendant trois jours, et pendant ces trois jours c'est à peine s'il s'accorda le temps de dormir ou de chercher à manger. Quand il s'arrêta enfin, Mr. Bones se trouvait quelque part dans le nord de la Virginie, effondré dans un pré à quatre-vingt-dix miles à l'ouest du jardin des Chow. A deux cents mètres devant lui, le soleil disparaissait derrière un bouquet de chênes. Une demi-douzaine d'hirondelles virevoltaient à mi-distance en rase-mottes dans une chasse aux moustiques acharnée, et derrière lui, sous les frondaisons obscures, des oiseaux chanteurs lançaient quelques derniers refrains avant de se retirer pour la nuit. Étalé dans les hautes herbes, le torse haletant et la langue pendante, Mr. Bones se demandait ce qui arriverait s'il fermait les yeux — et, s'il les fermait, s'il serait capable de les rouvrir le lendemain matin. Il était à ce point las et affamé, à ce point hébété par les rigueurs de son marathon que, s'il s'endormait, il lui paraissait tout à fait possible de ne plus jamais se réveiller.

Il suivit du regard le soleil qui continuait à descendre derrière les arbres, en luttant pour garder les yeux ouverts tandis qu'autour de lui les ténèbres devenaient plus profondes. Il ne tint bon que pendant une minute ou deux, mais avant même que la fatigue ne le terrasse, sa tête avait commencé à se remplir d'évocations de Willy, rappels éphémères du temps jadis, ce temps des ronds de fumée et des Lucky Strike, et des loufoqueries de l'existence qu'ils avaient menée ensemble dans le monde d'antan. C'était la première fois depuis la mort de son maître qu'il était capable de penser à ces choses sans se sentir écrasé de chagrin, la première fois qu'il comprenait que la mémoire est un lieu, un lieu réel que l'on peut visiter, et que passer un petit moment parmi les morts ne faisait pas nécessairement de mal, qu'en vérité cela pouvait être une source de consolation et de bonheur considérables. Alors il s'endormit, et Willy resta là, avec lui, à nouveau vivant dans toute sa gloire déglinguée, faisant semblant d'être un aveugle que Mr. Bones guidait dans l'escalier du métro. C'était ce jour venteux de mars, quatre ans et demi plus tôt, reconnut-il, ce drôle d'après-midi d'espoirs fous et d'attente déçue, quand ils étaient allés ensemble à Coney Island pour dévoiler devant oncle Al la symphonie des odeurs. Willy arborait pour l'occasion un bonnet de père Noël, et avec le sac-poubelle géant bourré des éléments de la symphonie qu'il portait sur l'épaule et qui lui donnait une démarche penchée, il ressemblait tout à fait à une version ivrognesque du père Noël en personne. Il était vrai que les choses ne s'étaient pas passées si bien que ça une fois qu'ils étaient arrivés, mais ce n'était que parce que oncle Al était de mauvaise humeur. Ce n'était pas un oncle, en réalité, juste un ami de la famille qui avait tendu une main secourable aux parents de Willy lorsqu'ils étaient arrivés de Pologne, et c'était uniquement par une sorte de loyauté envers *Mama-san* et son mari qu'il autorisait Willy et Mr. Bones à traîner dans sa boutique. A dire vrai, Al ne s'intéressait guère au commerce des farces et attrapes, et comme de moins en moins de clients venaient lui acheter ses marchandises, certains articles languissaient sur les rayons depuis dix, douze, voire vingt ans. Cela ne servait plus désormais que de façade pour ses autres activités, illégales pour la plupart, quoique pas toutes, et si l'équivoque et volubile oncle Al n'avait pas réalisé de bénéfices grâce aux articles pyrotechniques, à l'exercice de la profession de bookmaker et à la vente de cigarettes volées, il n'aurait pas réfléchi à deux fois avant de fermer à jamais la porte de son poussiéreux empire. Qui sait quelle combine lui avait fait faux bond en ce jour venteux de mars, mais quand Willy s'amena avec sa symphonie des odeurs et entreprit de persuader oncle Al que son invention allait les rendre tous deux millionnaires, le propriétaire de *Whoopee-Land USA* fit la sourde oreille aux perspectives de vente de son pseudo-neveu. « Ça va pas, la tête, Willy ? protesta oncle Al, t'es complètement givré, tu sais ! » et il le mit promptement à la porte avec son sac-poubelle plein d'odeurs plus ou moins puantes et de labyrinthes démontables en carton. Willy n'allait pas se laisser abattre par un peu de scepticisme, et il entreprit avec enthousiasme d'installer la symphonie sur le trottoir, décidé à prouver à l'oncle Al qu'il avait bel et bien inventé une des authentiques merveilles de tous les temps. Mais l'air était agité de fortes rafales, ce jour-là, et Willy n'eut pas plus tôt plongé le bras dans le sac-poubelle pour en sortir les différents éléments de la *Symphonie n° 7* (serviettes de toilette, éponges, chandails, galoches, boîtes Tupperware, gants) que le vent s'en empara et les projeta dans la rue en les éparpillant dans tous les sens. Willy courut après pour les récupérer, mais à peine avait-il lâché le sac que celui-ci aussi fut emporté, et malgré toute sa prétendue bienveillance envers la famille Gurevitch l'oncle Al resta planté sur son seuil en riant.

Voilà ce qui s'était passé quatre ans et demi auparavant, mais dans le rêve que fit Mr. Bones cette nuit-là dans le pré, Willy et lui ne sortaient même pas du métro. Il ne faisait aucun doute qu'ils étaient en route pour Coney Island (en témoignaient le bonnet rouge et blanc de père Noël, le sac-poubelle bourré, le harnais de chien-guide qui sanglait les épaules de Mr. Bones), mais alors que, lors du voyage réel, la voiture du train F s'était trouvée bondée, ils étaient seuls cette fois, Willy et lui, les deux seuls passagers à destination du terminus. A l'instant où Mr. Bones prenait conscience de cette différence, Willy se tourna vers lui en disant : « Ne t'en fais pas, Mr. Bones. On n'est pas alors. On est maintenant.

— Et c'est censé vouloir dire quoi, ça ? » répliqua le chien, et ces mots lui étaient venus avec tant de naturel, ils résultaient si évidemment d'une capacité ancienne et tout à fait éprouvée de parler quand il avait quelque chose à dire, que Mr. Bones ne fut pas surpris le moins du monde par le miracle qui venait de se produire.

« Ça veut dire que tu t'y prends très mal, dit Willy. T'enfuir de Baltimore, broyer du noir dans cette connerie de pré, te laisser crever de faim sans raison. Ça ne va pas du tout, ça, mon ami. Trouve-toi un nouveau maître, ou tu es cuit.

— J'ai trouvé Henry, non ? protesta Mr. Bones.

— Une perfection, ce garçon, la perle des perles. Mais ça ne suffit pas. C'est ça l'ennui, avec les jeunes. Même s'ils ont les meilleures des intentions, ils n'ont aucun pouvoir. Faut aller droit au sommet, Mr. Bones. Découvrir qui est le patron. Découvrir qui prend les décisions, et puis s'attacher à cette personne. Y a pas d'autre façon. Tu as besoin d'une nouvelle situation, mais tu n'y arriveras jamais si tu ne commences pas à te servir de ta tête.

— J'étais désespéré. Comment pouvais-je savoir que son père se révélerait si affreux ?

— Parce que je t'avais mis en garde contre ces endroits-là, pas vrai ? Quand tu as vu dans quoi tu t'engageais, tu aurais dû tout de suite ramasser ta mise et filer.

— C'est ce que j'ai fait. Et quand je me réveillerai, demain matin, je recommencerai à courir. C'est ça ma vie, désormais, Willy. Je cours, et je vais continuer à courir jusqu'à ce que je m'effondre.

— Ne renonce pas aux humains, Bonesy. Tu as eu quelques coups durs, mais il faut que tu encaisses et que tu essaies encore.

— On ne peut pas faire confiance aux humains. Ça, je le sais, maintenant.

— Tu me fais confiance, à moi, non ?

— Tu es le seul, Willy. Tu n'es pas comme les autres hommes, et maintenant que tu es parti, il n'y a plus un endroit sur la terre où je ne sois pas en danger. Pas plus tard qu'hier, j'ai failli être tué. Je coupais à travers un champ quelque part, et un type est arrivé sur moi dans un pick-up rouge. En rigolant, qui plus est, et alors il a sorti une carabine et il a tiré. Heureusement pour moi, il m'a manqué. Mais qui sait ce qui se passera la prochaine fois ?

— Ce n'est qu'un individu. Pour chaque type comme lui, il y en a un comme Henry.

— Tu n'y es plus du tout, mon maître. Il reste peut-être bien ici ou là quelques naïfs qui ont un faible envers les chiens, mais pour la plupart ils n'hésiteraient pas à charger leur fusil de chasse dès qu'un quadrupède pose un pied sur leurs terres. J'ai peur, Willy. J'ai peur d'aller vers l'est, j'ai peur d'aller vers l'ouest. Les choses étant ce qu'elles sont, je crois que je préfère crever de faim ici, loin de tout, que risquer d'attraper une de leurs balles. Rien que parce que vous respirez, ils vous tuent, et quand on se trouve devant une telle haine, à quoi bon essayer ?

— Bon, renonce, si tu veux. C'est pas mon affaire. Je pourrais rester ici et te raconter que tout va s'arranger, mais quel est l'intérêt de te mentir ? Peut-être bien que ça s'arrangera, et peut-être bien que non. Je ne suis pas diseur de bonne aventure, et la vérité, c'est que toutes les histoires ne finissent pas bien.

— C'est ce que je m'efforçais de te dire.

— Je sais. Et je ne prétends pas que tu as tort. »

Jusqu'à ce moment, le train avait roulé à grande vitesse dans le tunnel à un rythme constant, en dépassant sans s'arrêter les stations désertes. A présent, Mr. Bones entendit soudain grincer les freins, et le train se mit à ralentir.

« Qu'est-ce qui se passe ? demanda-t-il. Pourquoi est-ce qu'on ne va plus vite ?

— Il faut que je descende, dit Willy.

— Déjà ? »

Willy hocha la tête.

« Je m'en vais, maintenant, dit-il. Mais avant de partir, je voudrais te rappeler quelque chose que tu as peut-être oublié. »

Il s'était mis debout et attendait l'ouverture des portes.

« Tu te souviens de *Mama-san*, Mr. Bones ?

— Bien sûr que je m'en souviens. Pour qui me prends-tu ?

— Eh bien, elle aussi, on a essayé de la tuer. On l'a poursuivie comme un chien, et elle a dû courir pour échapper à la mort. Des gens aussi se font traiter comme des chiens, mon ami, et parfois ils doivent dormir dans des granges ou dans des prés, parce qu'ils n'ont nulle part où aller. Avant de trop t'apitoyer sur ton sort, rappelle-toi que tu n'es pas le premier chien perdu au monde. »

Seize heures plus tard, Mr. Bones se trouvait à dix miles au sud du pré où il avait fait ce rêve, à la lisière d'un petit bois voisin d'un quartier neuf de maisons à un étage. Il n'avait plus peur. Il avait faim, sans doute, et il se sentait plus qu'un peu fatigué, mais la terreur qui l'avait envahi au cours des quelques derniers jours avait disparu dans une large mesure. Il n'avait aucune idée de la raison pour laquelle il en était ainsi, mais en vérité il s'était senti à son réveil bien mieux qu'à aucun moment depuis la mort de Willy. Il savait que Willy ne s'était pas réellement trouvé là, avec lui, dans le métro, et il savait qu'il n'était pas réellement capable de parler, mais aux dernières lueurs de ce rêve de choses impossibles et belles, il sentait que Willy était encore auprès de lui et que, même s'il ne pouvait pas y être, c'était comme s'il l'avait suivi des yeux et que, même si ces yeux qui le regardaient se trouvaient en réalité au-dedans de lui, cela ne faisait aucune différence dans l'ordre général des choses, parce que ces yeux représentaient la différence exacte entre le fait de se sentir seul au monde et celui de ne pas se sentir seul. Mr. Bones était mal équipé pour analyser les subtilités des rêves, visions et autres phénomènes mentaux, mais il avait une certitude, c'était que Willy se trouvait à Tombouctou, et s'il venait, lui, de se trouver auprès de Willy, cela signifiait peut-être que le rêve l'avait emmené à Tombouctou, lui aussi. Cela expliquait, sans doute, qu'il se fût soudain aperçu qu'il pouvait parler, après tant d'années d'efforts et d'échecs. Et s'il avait été une fois à Tombouctou, était-il excessif d'imaginer qu'il pourrait y retourner, simplement en fermant les yeux, si la chance lui envoyait le bon rêve ? Impossible à dire. Mais cette idée était réconfortante, de même qu'avait été réconfortant ce temps passé avec son vieil ami, même si rien de tout cela ne s'était réellement produit, même si rien de tout cela ne devait plus jamais se reproduire.

Il était trois heures de l'après-midi, et l'air résonnait du bruit des tondeuses à gazon, des arroseurs et des chants d'oiseaux. Très loin, au nord, sur une grand-route invisible, un bourdonnement sourd de circulation sous-tendait ce paysage suburbain. Quelqu'un alluma une radio, et une voix de femme se mit à chanter. Plus près, il y eut un éclat de rire. On eût dit le rire d'un petit enfant, et comme il arrivait enfin à la lisière du bois dans lequel il errait depuis une demi-heure, Mr. Bones passa le nez entre les feuillages et constata que c'était bien cela, en effet. A quelques mètres de lui, un bambin de deux ou trois ans était assis par terre, occupé à arracher des touffes d'herbe et à les jeter en l'air. Chaque fois qu'une pluie de brins d'herbe lui tombait sur la tête, il partait d'un nouvel éclat de rire, battait des mains et sautait sur place comme s'il venait de découvrir le truc le plus génial du monde. A une dizaine de mètres de lui, une petite fille à lunettes marchait de long en large, une poupée dans les bras, en chantant doucement une berceuse à ce bébé imaginaire comme si elle avait essayé de l'endormir. Il était difficile de deviner son âge. Entre sept et neuf ans, pensa Mr. Bones, mais elle aurait pu aussi être grande pour six ans ou petite pour dix, sans parler de plus grande encore pour cinq ans ou plus petite pour onze. A gauche de la fillette, une femme vêtue d'un short et d'un bain de soleil blancs, accroupie devant un parterre de fleurs rouges et jaunes, enlevait soigneusement les mauvaises herbes à l'aide d'une petite pelle. Elle tournait le dos à Mr. Bones, et parce qu'elle portait un chapeau de paille à très larges bords, son visage

128

entier lui restait invisible. Il en était réduit à observer la courbe de son dos, les taches de rousseur sur ses bras minces, l'éclat blanc d'un genou, mais même sur la base de ces rares éléments il se rendait compte qu'elle n'était pas âgée, pas plus de vingt-sept ou vingt-huit ans, ce qui signifiait sans doute qu'elle était la mère des deux enfants. Hésitant à s'avancer davantage, Mr. Bones demeura où il se trouvait et observa la scène de sa cachette à l'orée du bois. Il n'avait aucun moyen de savoir si cette famille était pro-chien ou anti-chien, aucun moyen de savoir si ces gens le traiteraient avec gentillesse ou le chasseraient de chez eux. Une chose était certaine, en tout cas. Il était tombé sur une pelouse splendide. En contemplant l'impeccable tapis de velours vert qui s'étendait devant lui, il comprit qu'il ne fallait guère d'imagination pour deviner quel bonheur ce serait de se rouler sur ce gazon et de humer les parfums qui en montaient.

Avant qu'il ait pu se résoudre à choisir une ligne d'action, l'initiative lui échappa. Le petit garçon lança encore en l'air deux poignées d'herbe et cette fois, au lieu qu'elles lui retombent dessus comme les précédentes, une brise légère se leva à ce moment précis et les emporta vers le bois. L'enfant tourna la tête pour suivre du regard la fuite des particules vertes et, tandis que ses yeux exploraient l'espace entre elles, Mr. Bones vit son expression changer, passant de la froideur du détachement scientifique à la stupéfaction la plus totale. Le chien avait été découvert. L'enfant sauta sur ses pieds et se mit à courir vers lui en poussant des cris de joie, tout vacillant, avec sa couche rebondie, et sur-le-champ, alors que son avenir entier était soudain en jeu, Mr. Bones décida que cet instant était celui qu'il avait attendu. Non seulement il ne battit pas en retraite à l'intérieur du bois, non seulement il ne se sauva pas, mais, de son air le plus calme et le plus sûr de lui, il fit même quelques pas prudents sur la pelouse et laissa l'enfant lui jeter les bras autour du cou. « Chien, cria le petit homme en serrant de toutes ses forces. Bon chien. Bon g'os vieux chien. »

La fillette arriva ensuite, en courant à travers la pelouse avec sa poupée dans les bras et en criant à la femme, derrière elle : « Regarde, maman ! Regarde ce que Tigre a trouvé. » Bien que le petit bonhomme le tînt toujours embrassé, Mr. Bones sentit un frisson d'inquiétude lui parcourir le corps. Où était ce tigre dont parlait la gamine — et comment un tigre pouvait-il rôder dans ce quartier où des gens habitaient ? Willy l'avait un jour emmené au zoo, et il savait tout de ces grands chats rayés venus de la jungle. Ils étaient encore plus gros que les lions, et si vous vous trouviez jamais nez à nez avec l'une de ces bestioles aux crocs acérés, vous pouviez dire adieu à votre avenir. Un tigre vous aurait déchiqueté en quelques secondes, et les petits morceaux de vous qu'il n'aurait pas envie de manger feraient le régal des vautours et des vers.

Et pourtant, Mr. Bones ne s'enfuit pas. Laissant son nouvel ami s'accrocher à lui, il continua de supporter avec patience la force phénoménale du bout de chou, en espérant que ses oreilles lui avaient joué un tour et qu'il avait simplement mal entendu ce que disait la fillette. Dans la couche alourdie, imprégnée d'urine, le chien reconnaissait, mêlés à la forte odeur d'ammoniaque, des relents de carottes, de bananes et de lait. Et puis la fillette vint s'accroupir auprès d'eux, dévisageant Mr. Bones de ses yeux bleus agrandis par les verres, et le mystère fut soudain éclairci. « Tigre, dit-elle au gamin, lâche-le. Tu vas l'étouffer.

— Mon copain », déclara Tigre en resserrant

encore son étreinte, et bien que Mr. Bones fût soulagé de découvrir qu'il n'allait pas être dévoré par un fauve, la pression exercée sur sa trachée devenait si sévère qu'elle le mettait au supplice. Le gamin n'était sans doute pas un vrai tigre, mais cela ne signifiait pas qu'il n'était pas dangereux. A sa petite façon, il tenait plus d'un animal que Mr. Bones.

Heureusement, la femme arriva alors et, empoignant le bambin par le bras, elle l'écarta de Mr. Bones avant qu'il lui ait fait plus de mal. « Fais attention, Tigre, dit-elle. Nous ne savons pas si ce chien est gentil ou non.

— Oh, il est gentil, affirma la fillette en caressant doucement Mr. Bones sur le sommet du crâne. T'as qu'à regarder ses yeux. Il est très gentil, maman. Je crois même que c'est un des plus gentils chiens que j'aie jamais vus. »

Stupéfait de la déclaration de la petite fille, et pour montrer quel bon caractère il avait en effet, en chien qui ne garde pas rancune, Mr. Bones se mit à lécher le visage de Tigre dans un grand élan d'affection débordante. Le petit bonhomme hurla de rire, et bien que les coups de langue de Mr. Bones finissent par lui faire perdre l'équilibre, le jeune casse-cou trouva que c'était la chose la plus drôle qui lui fût jamais arrivée, et il continua de rire sous l'avalanche des baisers du chien même après être tombé par terre sur son derrière humide.

« Eh bien, au moins, il est affectueux, dit la femme à sa fille, comme si elle lui concédait un point important. Mais dans quel piteux état ! Je ne crois pas avoir jamais vu de créature plus sale, plus pouilleuse ni plus lamentable.

— Il n'a rien du tout qu'un peu de savon et d'eau ne pourraient arranger, répliqua la fillette. Regarde-le, maman. Il n'est pas seulement gentil. Il est malin, aussi. »

La femme rit.

« Qu'est-ce que tu en sais, Alice ? Il n'a rien fait, à part lécher la figure de ton frère. »

Alice s'accroupit devant Mr. Bones et plaça les deux mains sous son museau.

« Montre-nous comme t'es malin, le chien, dit-elle. Fais-nous un tour, ou quelque chose, d'accord ? Tu sais, une culbute, par exemple, ou bien tu te mets debout sur tes pattes de derrière. Montre à maman que j'ai raison. »

De telles tâches ne comportaient guère de difficulté pour un chien de l'acabit de Mr. Bones, et celui-ci s'appliqua aussitôt à démontrer ce dont il était capable. Il commença par se rouler dans l'herbe — pas une fois, mais trois — et puis il cambra le dos, éleva ses pattes de devant à hauteur de son nez et se dressa lentement sur ses pattes de derrière. Il y avait des années qu'il n'avait plus tenté ce tour-là, mais en dépit de ses articulations douloureuses, et bien qu'il vacillât plus qu'il n'eût voulu, il réussit à garder la pose pendant trois ou quatre secondes.

« Tu vois, maman, qu'est-ce que je disais ? s'exclama Alice. C'est le plus malin de tous les chiens. »

Pour la première fois, la femme s'accroupit au niveau de Mr. Bones et le regarda dans les yeux, et malgré ses lunettes de soleil et le chapeau de paille dont elle était encore coiffée, il put voir qu'elle était adorablement jolie, avec des mèches de cheveux blonds qui bouclaient sur sa nuque et une bouche généreuse et expressive. Quelque chose tressaillit au fond de lui quand elle lui parla avec son accent lent et traînant du Sud, et quand elle se mit à lui caresser la tête de la main droite Mr. Bones éprouva la certitude que son cœur allait se briser en mille morceaux.

« Tu comprends ce que nous disons, hein, le

chien ? dit-elle. Tu es quelqu'un de spécial, pas vrai ? Et tu es fatigué et rompu, et tu as besoin de quelque chose à te mettre sous la dent. C'est ça, le vieux, n'est-ce pas ? Tu es perdu et tu es tout seul, et tu es au bout de ton rouleau. »

Quel pauvre corniaud avait jamais eu plus de chance que Mr. Bones ce jour-là ? Sans autre discussion, et sans qu'il eût plus besoin de faire du charme ni de montrer quel brave type il était, le chien fut emmené du jardin dans le saint des saints de la maison familiale. Là, dans une cuisine rayonnante de blancheur, entouré d'armoires peintes de frais et d'ustensiles en métal étincelant, dans une atmosphère d'opulence comme il n'avait jamais imaginé qu'il pût en exister sur terre, Mr. Bones mangea son content : il engloutit les restes d'un rosbif en tranches, un bol de macaronis au fromage, deux boîtes de thon et trois hot-dogs crus, sans oublier les deux bols et demi d'eau qu'il lapa entre les plats. Il aurait voulu se retenir, leur montrer qu'il était un chien aux appétits modestes, vraiment pas compliqué à satisfaire, mais une fois les aliments posés devant lui, sa faim se révéla tout simplement irrésistible, et il oublia le vœu qu'il avait fait.

Rien de tout cela ne semblait choquer ses hôtes. Ces gens-là avaient bon cœur, et ils savaient reconnaître un chien affamé quand ils en voyaient un, et puisque Mr. Bones avait grand-faim, ils étaient tout à fait heureux de lui procurer ce qu'il fallait pour l'apaiser. Il mangeait dans une transe de satisfaction, oublieux de tout ce qui n'était pas les aliments qui entraient dans sa bouche et glissaient dans son œsophage. Quand enfin, le repas achevé, il releva la tête pour voir ce que faisaient les autres, il vit que la femme avait enlevé son chapeau et ses lunettes de soleil. Comme elle se penchait près de lui pour ramasser les bols, il aperçut ses yeux gris-bleu et comprit qu'elle était en vérité une grande beauté, une de ces femmes qui coupent le souffle aux hommes quand elles entrent dans une pièce.

« Eh bien, le chien, dit-elle en passant sa paume sur le sommet de son crâne, ça va mieux ? »

Mr. Bones laissa échapper un petit renvoi approbateur, et se mit à lui lécher la main. Tigre, qu'il avait pratiquement oublié à ce moment, se rua sur lui. Attiré par le bruit du renvoi, qui l'avait beaucoup amusé, l'enfant se pencha en avant, nez à nez avec Mr. Bones, et émit, lui aussi, un semblant de renvoi, ce qui l'amusa davantage encore. Tout cela prenait des allures de mauvaise scène de bar, mais avant que la situation ne dégénère, la mère de Tigre le prit dans ses bras et se releva. Elle se tourna vers Alice qui, appuyée à un comptoir, observait Mr. Bones de son regard sérieux et scrutateur.

« Qu'est-ce qu'on va faire de lui, ma puce ? demanda la jeune femme.

— Je pense qu'on devrait le garder, répondit Alice.

— On ne peut pas faire ça. Il appartient sans doute à quelqu'un. Si on le gardait, ce serait comme si on le volait.

— A mon avis, il n'a pas un ami au monde. Regarde-le ! Il doit avoir marché pendant un millier de miles. Si on ne le prend pas, il va mourir. Tu voudrais avoir ça sur la conscience, maman ? »

La fillette avait un don, c'était certain. Elle savait exactement quoi dire et quand le dire, et en l'écoutant discuter avec sa mère Mr. Bones se demanda si Willy n'avait pas sous-estimé le pouvoir de certains enfants. Alice n'était sans doute pas le patron, et ce n'était sans doute pas elle qui prenait les décisions, mais ses propos allaient droit à la vérité, et cela ne pouvait qu'avoir un effet, faire bouger les choses dans un sens plutôt que dans un autre.

« Regarde son collier, ma chérie, dit la femme. Il y a peut-être un nom ou une adresse dessus, ou je ne sais quoi. »

Mr. Bones savait pertinemment qu'il n'y avait rien, car Willy ne s'était jamais soucié de permis ni d'enregistrement, pas plus que de médailles gravées. Alice s'agenouilla à côté de lui et fit tourner le collier autour de son cou en cherchant des signes de son identité ou de celle de son propriétaire, et parce qu'il savait d'avance quelle serait la réponse il profita de l'occasion pour savourer la tiédeur de l'haleine ·qui papillonnait derrière son oreille droite.

« Non, maman, dit-elle enfin. C'est qu'un vieux collier usé sans inscription. »

Pour la première fois depuis leur récente rencontre, le chien vit la femme hésiter et son regard se troubler et s'attrister quelque peu.

« Pour moi, c'est d'accord, Alice, dit-elle. Mais je ne peux pas donner le feu vert avant qu'on en ait parlé à ton père. Tu sais combien il déteste les surprises. Attendons qu'il rentre à la maison, ce soir, et alors on décidera tous ensemble. Ça va ?

— Ça va, répondit Alice, un rien déçue par cette réponse peu concluante. Mais on est trois contre un, même s'il dit non. Et juste, c'est juste, pas vrai ? Il faut qu'on le garde, maman. Je vais me mettre à genoux et prier Jésus jusqu'à ce soir pour que papa dise oui.

— Ce ne sera pas nécessaire, dit la femme. Mais si tu veux vraiment te rendre utile, ouvre la porte et laisse ce chien sortir pour qu'il fasse ses besoins. Et puis on verra si on peut le nettoyer un peu. C'est la seule chance que ça puisse marcher. Il faut que la première impression soit bonne. »

La porte s'ouvrit pour Mr. Bones, et pas un instant trop tôt. Après trois jours de privations, trois jours pendant lesquels il n'avait guère mangé que des quantités minuscules, miettes et détritus plus ou moins comestibles qu'il parvenait à dénicher à force de fouiner çà et là, la richesse du repas qu'il venait d'absorber fit à son estomac l'effet d'un traumatisme ; ses sucs digestifs, relancés en pleine action, fonctionnaient à double ou même à triple régime pour faire face à ce choc soudain, et ce n'est que de justesse qu'il évita de profaner le sol de la cuisine et de se retrouver banni, exilé à jamais. Il courut s'abriter derrière un massif de buissons, avec l'espoir d'échapper aux regards, mais Alice le suivit et, à sa honte et sa gêne infinies, elle assista à l'abominable éruption de liquide nauséabond qui lui échappa avec fracas en éclaboussant les feuillages sous lui. Alice eut un bref hoquet de dégoût quand cela se produisit, et il se sentit si mortifié de l'avoir offensée que pendant quelques instants il aurait voulu pouvoir se ratatiner et mourir. Mais Alice n'était pas quelqu'un d'ordinaire, et même s'il en était déjà bien persuadé, il n'aurait jamais cru possible qu'elle dise ce qu'elle dit alors : « Pauvre chien, murmura-t-elle, t'es très, très malade, hein ? » Ce fut tout — deux phrases brèves — mais quand Mr. Bones entendit Alice les prononcer, il comprit que Willy G. Christmas n'était pas le seul bipède au monde qui fût digne de confiance. Il s'avérait qu'il y en avait d'autres, et que certains étaient très petits.

Le restant de l'après-midi se déroula dans un nuage de félicité. Ils le lavèrent à l'aide du tuyau d'arrosage, en le savonnant jusqu'à recouvrir son pelage d'une montagne de bulles blanches, et tandis que les six mains de ses nouveaux compagnons lui frictionnaient le dos, le ventre et la tête, il ne pouvait s'empêcher de se rappeler comment cette journée avait commencé — et combien il était étrange et mystérieux qu'elle s'achevât de cette façon. Ensuite ils le rincèrent, et quand il se fut ébroué un bon coup et eut couru autour du jardin pendant quelques minutes en pissant sur divers arbres et buissons situés au périmètre de la propriété, la femme s'assit près de lui pendant un temps qui lui parut infini pour explorer son corps à la recherche de tiques. Elle expliqua à Alice que son père lui avait appris à faire cela en Caroline du Nord quand elle était petite, et que la seule méthode sûre consistait à se servir de ses ongles pour pincer les créatures par le haut de la tête. Une fois qu'on les tenait, on ne pouvait pas se contenter de les jeter, ni même de les écraser avec le pied. Il fallait les brûler, et bien qu'elle n'encourageât pas du tout Alice à jouer avec des allumettes, celle-ci voudrait-elle avoir la gentillesse de courir à la cuisine prendre la boîte d'*Ohio Blue Tips* qui se trouvait dans le tiroir du haut, à droite de la cuisinière ? Alice fit ce qu'on lui demandait, et pendant un moment elle et sa mère fouillèrent ensemble le poil de Mr. Bones, en extirpèrent toute une série de tiques gonflées de sang et incinérèrent les coupables en petites flambées de chaleur vive et phosphorescente. Comment ne pas se sentir reconnaissant ? Comment ne pas se réjouir qu'on débarrasse sa personne de l'atroce tourment de ces démangeaisons et irritations ? Mr. Bones éprouvait un tel soulagement grâce à ce qu'elles faisaient pour lui qu'il laissa même passer sans protester ce qu'Alice déclara peu après. Il savait que l'insulte n'était pas voulue, mais cela ne signifie pas qu'il n'en fut pas blessé.

« Je ne veux pas te donner trop d'espoirs, avait dit la femme, mais ce ne serait peut-être pas une mauvaise idée de donner un nom à ce chien avant que ton père rentre. Ça lui donnera l'air de faire déjà partie de la famille, et psychologiquement ça pourrait nous aider. Tu comprends ce que je veux dire, ma puce?

— Je sais déjà comment il s'appelle, répondit Alice. Je l'ai su dès que je l'ai vu. »

La fillette fit une pause brève pour rassembler ses idées.

« Tu te rappelles ce livre que tu me lisais quand j'étais petite? Le rouge, avec des images et toutes sortes d'histoires d'animaux? Il y avait un chien qui ressemblait tout à fait à celui-ci. Il sauvait un bébé dans un incendie, et il était capable de compter jusqu'à dix. Tu te rappelles, maman? J'adorais ce chien. Quand j'ai vu Tigre embrasser celui-ci près des buissons, tout à l'heure, c'était comme si un rêve s'était réalisé.

— Et comment s'appelait-il?

— Il s'appelait Sparky le Chien.

— Eh bien, d'accord. On va l'appeler Sparky, lui aussi. »

En entendant la femme adopter ce choix absurde, Mr. Bones se sentit piqué au plus profond. Déjà, il lui avait été difficile de s'habituer à « Cal », mais ceci, c'était pousser les choses un peu loin. Il avait trop souffert pour se retrouver affublé de ce surnom gentillet et infantile, ce diminutif bêtifiant inspiré par un livre d'images pour bébés, et même s'il vivait encore aussi longtemps qu'il avait vécu jusque-là, il savait qu'un chien au tempérament aussi mélancolique que le sien ne s'y ferait jamais, que pendant le restant de ses jours il tressaillerait chaque fois qu'il l'entendrait.

Avant que Mr. Bones ait pu se mettre dans tous ses états, un incident se produisit dans une autre partie du jardin. Depuis dix minutes, pendant qu'Alice et sa mère le débarrassaient de la vermine cachée dans son pelage, Mr. Bones regardait Tigre qui s'amusait sur la pelouse à shooter dans un ballon de plage. Chaque fois que le ballon bondissait loin de lui, il courait derrière à toute vitesse, tel un joueur de football frénétique à la poursuite d'un ballon deux fois plus grand que lui. Le gamin paraissait infatigable, mais cela ne signifiait pas qu'il ne pouvait pas trébucher et se cogner un orteil, et quand l'inévitable accident finit par se produire, il poussa un hurlement de douleur assez violent pour chasser le soleil du firmament et envoyer les nuages s'écraser au sol. La femme abandonna sa tâche délicate afin de s'occuper de l'enfant et, tandis qu'elle le ramassait et l'emmenait dans la maison, Alice se tourna vers Mr. Bones et lui dit :

« Ça, c'est Tigre. Les neuf dixièmes du temps, il est en train de rire ou en train de pleurer, et sinon tu peux être sûr que quelque chose de louche se prépare. Tu t'y habitueras, Sparky. Il n'a que deux ans et demi, et on ne peut pas trop demander à un petit garçon. Son vrai nom, c'est Terry, mais nous, on l'appelle Tigre parce que c'est un tel chenapan ! Moi, je m'appelle Alice. Alice Elizabeth Jones. J'ai huit ans trois quarts, et je viens d'entrer en quatrième. Je suis née avec des petits trous dans mon cœur, et j'ai failli mourir deux fois quand j'étais bébé, encore plus bébé que Tigre maintenant. Je me rappelle rien de tout ça, mais maman dit que j'ai survécu parce que j'ai un ange qui respire à l'intérieur de moi, et que cet ange continuera toujours à me protéger. Maman s'appelle Polly Jones. Avant, c'était Polly Danforth, et puis elle s'est mariée avec papa et elle a changé de nom. Mon papa, c'est Richard Jones. Tout le monde l'appelle Dick, et beaucoup de gens disent que je lui ressemble plus qu'à maman. Il est pilote de ligne. Il va en Californie, au Texas, à New York, à toutes sortes d'endroits. Un jour, avant que Tigre soit né, on est allées à Chicago avec lui, maman et moi.

Maintenant on habite dans cette grande maison. On vient de déménager il y a quelques mois, alors c'est une chance que tu sois arrivé juste à ce moment. On a beaucoup de place, et on est bien installés maintenant, et si papa dit qu'on peut te garder, eh bien tout sera à peu près parfait par ici. »

Elle voulait lui donner l'impression qu'il était le bienvenu, mais cette présentation décousue de la famille eut pour effet de plonger Mr. Bones dans une panique qui lui retourna l'estomac. Son avenir était entre les mains d'un individu qu'il n'avait jamais vu, et après avoir entendu les différents commentaires dont cet individu avait été l'objet jusqu'ici, il semblait peu vraisemblable que la décision fût prise à l'avantage du chien. La violence de son angoisse obligea Mr. Bones à courir de nouveau vers les buissons, et pour la seconde fois en une heure ses boyaux le trahirent. En proie à des tremblements incontrôlables pendant que ça giclait sur le sol, il pria les dieux du ciel canin de prendre en pitié son pauvre corps malade. Il avait eu accès à la Terre promise, il était arrivé dans un univers de pelouses vertes, de femmes douces et de nourriture abondante, mais s'il advenait qu'on l'expulse de ce lieu, alors tout ce qu'il demandait, c'était que ses malheurs ne durent pas au-delà de ce qu'il pouvait endurer.

Quand enfin la Volvo de Dick s'arrêta devant l'entrée du garage, Polly avait déjà fait manger les enfants — hamburgers, pommes de terre au four et petits pois surgelés, dont une partie avait trouvé le chemin de la gueule de Mr. Bones — et ils étaient tous les quatre ressortis pour arroser le jardin tandis que la fin d'après-midi devenait début de soirée et que le ciel se mouchetait des premières ombres du crépuscule. Mr. Bones avait entendu Polly dire à Alice que le vol en provenance de La Nouvelle-Orléans était attendu à seize heures quarante-cinq et que si l'avion n'avait pas de retard et s'il n'y avait pas trop de circulation son père devrait rentrer vers dix-neuf heures. A quelques minutes près, c'est exactement à cette heure que Dick Jones arriva. Il y avait trois jours qu'il était parti, et quand les enfants entendirent approcher sa voiture, ils partirent tous deux du jardin en courant et en criant et disparurent derrière le coin de la maison. Polly ne fit pas mine de les suivre. Elle continua avec calme à arroser ses plantes et ses fleurs, et Mr. Bones demeura auprès d'elle, attentif à ne pas la perdre de vue. Il savait que désormais tout espoir était perdu, mais si quelqu'un pouvait le sauver de ce qui était sur le point de se passer, c'était elle.

Quelques instants plus tard, l'homme de la maison apparut dans le jardin, avec Tigre sur un bras et Alice accrochée à l'autre, et parce qu'il était en uniforme de pilote (pantalon bleu foncé, chemise bleu pâle garnie d'épaulettes et d'insignes), Mr. Bones le prit pour un policier. L'association fut automatique, et par une réaction fondée sur la terreur de toute une vie le chien ne put s'empêcher de reculer, bien qu'il constatât de ses yeux que l'homme riait et semblait sincèrement heureux de retrouver ses enfants. Avant d'avoir pu mettre de l'ordre dans ce fouillis de doutes et d'impressions contradictoires, Mr. Bones fut emporté dans le drame du moment, et dès lors tout parut se passer en même temps. Alice avait commencé à parler du chien à son père dès l'instant où il sortait de sa voiture, et elle en parlait encore quand il entra dans le jardin pour saluer sa femme (un baiser de convenance sur la joue), et plus elle le harcelait en s'extasiant sur la merveilleuse créature qu'ils avaient trouvée, plus son petit frère s'excitait. En criant « Sparky » à tue-tête, Tigre échappa à son père, courut à Mr. Bones et lui jeta les bras autour du cou. Ne voulant pas laisser la vedette à son petit bout de frère, Alice vint se joindre à la scène dans une grande démonstration théâtrale de son affection pour le chien, auquel elle prodiguait force embrassades et baisers mélodramatiques. Ainsi bousculé soudain par les deux enfants qui lui couvraient les oreilles de leurs mains, de leurs corps et de leurs visages, il perdit les trois quarts de ce que se disaient les adultes. La seule chose qu'il distingua avec une relative netteté fut la première phrase de Dick : « Alors le voilà, ce fameux chien ? M'a tout l'air d'une pauvre misère ! »

Après cela, devine qui pourra ce qui se passa réellement. Mr. Bones vit que Polly tournait l'embout du tuyau, coupant ainsi l'arrivée d'eau, et puis disait quelque chose à Dick. La plus grande partie lui en fut inaudible, mais grâce aux quelques mots et bouts de phrases qu'il réussit à saisir, il comprit qu'elle plaidait sa cause : « arrivé dans le jardin cet après-midi », « intelligent », « les enfants pensent »... et puis, en réponse à une remarque de Dick : « Je n'en ai pas la moindre idée. Peut-être qu'il s'est échappé d'un cirque. » Cela paraissait plutôt encourageant, mais, au moment où Mr. Bones réussissait enfin à se libérer de l'étreinte de Tigre afin d'entendre un peu mieux, Polly laissa tomber le tuyau sur le sol et se dirigea vers la maison en compagnie de Dick. Ils s'arrêtèrent à quelques pas de la porte de derrière et continuèrent là leur conversation. Mr. Bones était certain que des choses capitales étaient en train de se décider, mais bien qu'il vît bouger leurs lèvres, il n'entendait plus un mot de ce qu'ils disaient.

Il voyait que Dick l'observait, en faisant de temps à autre un geste dans sa direction, un vague mouvement de la main tout en poursuivant sa discussion avec Polly, et Mr. Bones, qui commençait à se fatiguer un peu des mamours tapageurs de Tigre et d'Alice, se demanda si ce ne serait pas une bonne idée de prendre l'initiative et de faire quelque chose pour lui-même. Au lieu de rester planté là tandis que son avenir était en jeu, pourquoi ne pas tenter d'impressionner Dick par quelque action d'éclat, quelque tour canin assez piquant pour faire tourner le vent à son avantage? Il était vrai que Mr. Bones se sentait épuisé, et il était vrai qu'il avait encore l'estomac douloureux et les jambes diaboliquement faibles, mais il ne laissa pas ces détails l'empêcher de sauter sur ses pattes ni de courir jusqu'à l'autre bout du jardin. Avec des cris de surprise, Tigre et Alice le prirent en chasse, et à l'instant précis où ils allaient le rattraper, il leur échappa d'un bond et fonça soudain en sens inverse. Ils le poursuivirent de nouveau, et de nouveau il attendit qu'ils le touchent presque de leurs mains avant de s'écarter. Il y avait des siècles qu'il n'avait plus couru comme ça, mais bien qu'il sût qu'il en exigeait trop de lui-même et qu'il devrait tôt ou tard payer ces efforts, il continua, fier de s'infliger une telle torture dans une si noble intention. Après trois ou quatre folles traversées de la pelouse, il s'arrêta au milieu du jardin et se mit à jouer avec eux à plongé-feinté — la version canine du jeu de chat — et bien qu'il fût pratiquement à bout de souffle, il refusa d'abandonner avant que les enfants ne renoncent et ne se laissent tomber sur le sol devant lui.

Pendant ce temps, le soleil commençait à baisser. Le ciel était strié de bandes de nuages rosâtres, et l'atmosphère s'était rafraîchie. A présent que la galopade était terminée, il apparut que Dick et Polly étaient prêts à rendre leur verdict. Couché tout haletant dans l'herbe, Mr. Bones vit les adultes se détourner de la maison et revenir vers le jardin, et même s'il ne devait jamais savoir si son extravagante démonstration de bonne humeur avait eu le moindre effet sur leur conclusion, il se sentit encouragé par le petit sourire satisfait qui jouait aux commissures des lèvres de Polly. « Papa dit que Sparky peut rester », déclara celle-ci, et cependant qu'Alice se relevait d'un bond pour embrasser son père et que Polly se penchait vers le sol pour prendre dans ses bras Tigre à moitié endormi, un *nouveau* chapitre commença dans la vie de Mr. Bones.

Pourtant, avant qu'ils pussent sortir le champagne, Dick tint encore à préciser quelques points — les articles en petits caractères, pour ainsi dire. Ce n'était pas, dit-il, qu'il ne souhaitait pas le bonheur de tout le monde, mais pour l'instant il devait être bien entendu qu'ils ne gardaient le chien « qu'à l'essai » et que si l'on ne respectait pas certaines conditions — et ici il lança à Alice un regard dur et appuyé — le marché serait annulé. Primo : en aucune circonstance le chien ne devait être autorisé à entrer dans la maison. Secundo : il fallait l'emmener chez le vétérinaire pour un examen général. Si son état de santé n'était pas raisonnablement bon, il devrait partir. Tertio : dès que possible, il fallait prendre rendez-vous chez un toiletteur professionnel. Ce chien avait besoin d'une coupe, d'un shampooing et d'une manucure, ainsi que d'une élimination complète de ses tiques, puces et poux. Quarto : il faudrait le faire opérer. Et, quinto, Alice serait chargée de le nourrir et de renouveler son bol d'eau, sans augmentation du montant de son argent de poche en échange des services rendus.

Mr. Bones n'avait aucune idée de ce que Dick entendait par « opérer », mais il comprenait tout le reste et, l'un dans l'autre, ça ne lui paraissait pas trop mal, sauf sans doute le premier point, l'interdiction d'entrer dans la maison, car il ne voyait pas comment un chien pouvait faire partie d'une famille s'il n'avait pas le droit d'habiter avec cette famille. Alice devait s'être posé la même question car, dès que son père eut exposé le dernier point de sa liste, elle intervint : « Qu'est-ce qui va se passer en hiver ? demanda-t-elle. On ne va pas le laisser là-dehors dans le froid, dis, papa ?

— Bien sûr que non, répondit Dick. On l'installera dans le garage, et s'il y fait encore trop froid, on le laissera entrer dans la cave. Simplement, je ne veux pas qu'il sème ses poils sur les meubles, c'est tout. Mais on veillera à ce qu'il soit bien, là, dehors, ne t'inquiète pas. On va lui donner une niche de luxe, et pour qu'il puisse courir je lui installerai un câble entre ces deux arbres, là-bas. Il aura toute la place de gambader, et une fois qu'il sera habitué il sera heureux comme un pape. Ne sois pas triste pour lui, Alice. Ce n'est pas une personne, c'est un chien, et les chiens ne s'interrogent pas. Ils se contentent de ce qu'ils ont. » Après cette déclaration catégorique, Dick posa la main sur la tête de Mr. Bones et exerça une pression ferme et virile, comme pour démontrer qu'il n'était pas un individu tellement désagréable, après tout. « C'est pas vrai, camarade ? dit-il. Tu ne vas pas te plaindre, hein ? Tu te rends bien compte de la chance que tu as eue de tomber ici, et tu as envie de tout sauf de faire des vagues. »

C'était un type qui savait y faire, ce Dick, et bien que le lendemain fût un dimanche — ce qui signifie que ni le toiletteur ni le vétérinaire ne travaillaient — il se leva tôt, emprunta le break de Polly pour se rendre chez le marchand de bois et passa la matinée et tout l'après-midi à assembler une niche à chien préfabriquée (modèle grand luxe, instructions de montage incluses) et à installer un câble au fond du jardin. Il appartenait manifestement à cette race d'hommes qui prennent plus de plaisir à trimballer des échelles et à enfoncer des clous dans des planches à coups de marteau qu'à parler de tout et de rien avec leurs femmes et à leurs enfants. Dick était un homme d'action, un soldat dans la guerre contre l'oisiveté, et en le voyant œuvrer avec ardeur, en short kaki, en voyant la sueur qui luisait sur son front, Mr. Bones ne put s'empêcher d'interpréter cette activité comme un bon signe. Cela voulait dire que tout ce discours sur la « période d'essai », la veille, n'avait été que du bluff. Dick avait allongé plus de deux cents dollars pour ce nouvel équipement et pour la quincaillerie. Il avait travaillé dans la grande chaleur pendant presque toute la journée, et il n'allait pas avoir envie que ses efforts et son argent soient gaspillés. Il s'était mouillé, à présent, et de l'avis de Mr. Bones, c'était désormais nage ou coule.

Le lendemain matin, ils s'envolèrent tous dans des directions différentes. Un bus s'arrêta devant la maison à huit heures moins le quart et emmena Alice à l'école. Quarante minutes plus tard, Dick partit pour l'aéroport, en tenue de pilote, et puis, peu avant neuf heures, Polly sangla Tigre dans son siège spécial à l'arrière du break et le conduisit à la garderie. Mr. Bones avait peine à croire à ce qui se passait. Était-ce à cela qu'allait ressembler l'existence chez ces gens ? Allaient-ils se contenter de l'abandonner le matin en s'attendant à ce qu'il se débrouille seul toute la journée ? La plaisanterie était mauvaise. Il était un chien fait pour la compagnie, pour les échanges de la vie partagée, il avait besoin qu'on le touche et qu'on lui parle, besoin de faire partie d'un monde qui ne comprenait pas que lui. N'avait-il marché jusqu'au bout du monde et trouvé ce havre béni que pour se faire cracher dessus par les gens qui l'avaient recueilli ? Ils avaient fait de lui un prisonnier. Ils l'avaient enchaîné à ce câble infernal et bondissant, cet instrument de torture métallique avec ses grincements incessants et les bourdonnements qui leur faisaient écho, et chaque fois qu'il bougeait ces bruits bougeaient avec lui — comme pour lui rappeler qu'il n'était plus libre, qu'il avait vendu son droit de naissance pour une platée de gruau et une vilaine maison préfabriquée.

Juste au moment où il se sentait prêt à se lancer dans une action brutale et vengeresse — déterrer les fleurs du jardin, par exemple, ou ronger l'écorce du jeune cerisier —, Polly revint tout à coup, elle rangea son break devant le garage et le monde reprit ses couleurs. Non seulement elle arriva au jardin et libéra Mr. Bones de sa chaîne, non seulement elle lui permit de la suivre dans la maison et de monter avec elle dans sa chambre, mais qui plus est, tout en changeant de vêtements, en se brossant les cheveux et en se maquillant, elle lui annonça qu'il aurait deux séries de règles à retenir : les règles de Dick et les siennes. Quand Dick serait là, Mr. Bones devrait rester dehors, mais en l'absence de Dick c'était elle qui prenait les commandes, et cela signifiait que les chiens étaient admis dans la maison. « Ce n'est pas qu'il soit malintentionné, dit Polly, mais cet homme est une vraie mule, parfois, et dès lors qu'il s'est mis une idée dans la tête, c'est gaspiller son souffle que d'essayer de l'en dissuader. C'est comme ça, la vie chez les Jones, Sparky, et je n'y peux strictement rien. Tout ce que je te demande, c'est de garder pour toi notre petit arrangement. C'est notre secret, et même les enfants ne peuvent rien en savoir. Tu m'entends, le chien ? C'est juste entre toi et moi. »

Mais ce ne fut pas tout. Un peu plus tard dans la matinée, comme si cette déclaration de solidarité et d'affection n'avait pas suffi, Mr. Bones monta en voiture pour la première fois depuis bientôt deux ans. Non pas tassé par terre, à l'arrière, là où on le mettait d'habitude, autrefois, mais devant, sur le siège du copilote, le nez pointé dehors pardessus la vitre baissée, le visage offert à l'air doux de Virginie. C'était une compensation sublime que de circuler ainsi sur les routes, avec Polly la magnifique au volant de la Plymouth Voyager, les mouvements du break qui résonnaient dans ses muscles, et sa truffe qui remuait comme une folle à chaque senteur éphémère. Quand il finit par comprendre que ce break allait faire partie de sa vie quotidienne, il se sentit exalté par les perspectives ainsi ouvertes devant lui. La vie avec Willy avait été une bonne vie, mais celle-ci serait peut-être encore meilleure. Car la triste vérité, c'était que les poètes ne roulaient pas en voiture, et que même lorsqu'ils voyageaient à pied, ils ne savaient pas toujours où ils allaient.

La séance de toilettage fut une épreuve, mais il supporta de son mieux les multiples assauts des savons et des ciseaux, ne voulant pas se plaindre après toutes les gentillesses dont il avait bénéficié. Lorsqu'ils en eurent terminé avec lui, une heure et demie plus tard, il émergea de là comme un tout autre chien. Disparus, les paquets de poils hirsutes qui lui pendaient aux jarrets, les touffes désordonnées qui saillaient autour de son cou, les poils qui lui cachaient les yeux. Il avait cessé d'être un clochard, une honte. On l'avait transformé en dandy, en chien bourgeois de bonne compagnie, et si la nouveauté de la métamorphose lui donnait envie d'exulter et de se pavaner un peu, qui lui aurait reproché de se féliciter de sa bonne fortune ? « Oh là ! s'exclama Polly quand on le lui ramena enfin. On t'a fait le traitement complet, pas vrai ! Après ça, Spark Plug *, tu vas gagner des prix aux concours de beauté ! »

Vingt-quatre heures après, ils allèrent chez le vétérinaire. Mr. Bones se réjouissait de l'occasion de remonter dans la voiture, mais il avait déjà croisé sur son chemin l'un ou l'autre de ces hommes en blanc, et il en savait assez de leurs aiguilles, de leurs thermomètres et de leurs gants de caoutchouc pour se méfier de ce qui l'attendait. C'était toujours Mrs. Gurevitch qui avait organisé ses rendez-vous dans le passé, et après sa mort le supplice de nouvelles entrevues avec le corps médical avait été épargné à Mr. Bones. Willy était trop fauché ou trop distrait pour s'en préoccuper, et puisque le chien vivait encore après quatre années sans visite au médecin, il ne voyait pas quel bien un examen pourrait lui faire aujourd'hui. Si vous étiez malade à en mourir, un médecin ne vous sauverait pas. Et si vous n'étiez pas malade, pourquoi vous laisser torturer par leurs piqûres et leurs palpations juste pour vous entendre déclarer que votre santé était bonne ?

C'eût été l'horreur si Polly n'était pas restée près de lui pendant la durée de l'examen, en le tenant dans ses bras et en le réconfortant de sa jolie voix douce. Malgré son aide, il se sentit agité de tremblements du début à la fin de la visite, et trois fois il sauta de la table pour courir vers la porte. Le docteur s'appelait Burnside, Walter A. Burnside, et le fait que ce charlatan parût le trouver sympathique ne faisait aucune différence. Mr. Bones l'avait vu regarder Polly, et il avait senti l'excitation sur la peau du jeune vétérinaire. C'était à elle qu'il en avait, et aimer son chien n'était qu'une ruse, une façon de la prendre du bon côté et de la

* *Spark* signifie étincelle, *spark plug*, bougie d'allumage. *(N.d.T.)*

persuader de sa compréhension et de son savoir. Peu importait qu'il appelât Mr. Bones un chien sage, qu'il lui caressât la tête et qu'il rît de ses tentatives de fuite. Il ne le faisait qu'afin de s'approcher davantage de Polly, peut-être même d'effleurer son corps et Polly, absorbée qu'elle était par les soins à donner au chien, ne remarquait même pas le jeu de cette canaille.

« Pas mal, déclara-t-il enfin. Étant donné ce qu'il a dû vivre.

— C'est un vieux dur, dit Polly en donnant à Mr. Bones un baiser entre les yeux. Mais son estomac est en piteux état. Je préfère ne pas penser à certaines des choses qui ont dû passer là-dedans.

— Ça s'arrangera dès que vous l'aurez mis à un régime régulier. Et n'oubliez pas de lui donner le vermifuge. D'ici une semaine ou deux, vous commencerez sans doute à voir une nette amélioration. »

Polly remercia le docteur et quand Polly, en sortant, serra la main à Burnside, Mr. Bones ne put s'empêcher de remarquer que le signor Soave faisait durer la poignée de main plus longtemps qu'il n'aurait dû. Et quand il répliqua à l'au revoir courtois de Polly : « Tout le plaisir était pour moi », le chien eut une envie soudaine de lui sauter dessus et de le mordre au mollet. Polly se détourna pour partir. Comme elle ouvrait la porte, le docteur ajouta : « Voyez June à l'accueil. Elle vous donnera un rendez-vous pour l'autre chose.

— Ce n'était pas mon idée, dit Polly. Mais c'est ce que veut mon mari.

— Il a raison, répondit Burnside. Ça simplifie la vie, et au bout du compte ça rendra Sparky beaucoup plus heureux. »

Dick rentra à la maison le jeudi soir, ce qui signifie que le vendredi matin fut moins agréable que ne l'avaient été les matinées précédentes. Plus d'heures voluptueuses passées en douce dans la maison. Plus de séances dans la salle de bains, à regarder Polly prendre son bain. Plus d'œufs brouillés. Plus de lait sucré au fond des bols à céréales des enfants. D'ordinaire, des pertes d'une telle ampleur auraient chagriné Mr. Bones, mais ce vendredi matin-là elles ne provoquèrent en lui qu'un mouvement de regret nostalgique. Il avait de l'espoir, à présent, il savait que dès le départ de Dick, le dimanche après-midi, la porte lui serait de nouveau ouverte. C'était une idée consolante, et bien qu'il pleuvînt ce jour-là et que l'atmosphère se fût rafraîchie avec les premiers signes de l'automne, il s'installa dans sa niche avec l'os en caoutchouc que Polly lui avait acheté au salon de toilettage et le mordilla pendant que la famille prenait le petit déjeuner à l'intérieur. Il entendit le bus arriver et repartir, il entendit s'éloigner le break, et alors, dans le laps de temps précédant le retour de Polly, il vit Dick descendre au jardin pour lui dire bonjour. Même cela ne put perturber son contentement. Le pilote paraissait d'humeur gaillarde, ce matin-là, et quand il complimenta Mr. Bones sur sa nouvelle coupe coiffeur et lui demanda comment il allait, la générosité du chien l'emporta sur sa méfiance et il réagit, en gentleman, par un discret coup de langue sur la main. Il n'avait rien contre Dick, décida-t-il. Il avait seulement pitié de lui, qui ignorait comment savourer l'existence. Le monde était plein de telles merveilles, c'était triste de voir un homme passer son temps à se soucier de ce qui n'en vaut pas la peine.

Mr. Bones prévoyait que la journée serait longue et lente, et il s'était préparé à ne s'occuper, jusqu'au retour des enfants, qu'à en faire le moins possible : somnoler, mâchouiller son os, un petit tour du jardin si la pluie cessait. L'indolence était la seule activité sur son agenda, mais Dick ne cessait de répéter quel grand jour c'était, en rabâchant que « le moment de vérité était enfin arrivé », et au bout de quelque temps Mr. Bones commença à se demander si quelque chose ne lui avait pas échappé. Il n'avait aucune idée de ce que Dick voulait dire, mais après toutes ces déclarations mystérieuses il ne fut pas étonné, lorsque Polly revint d'avoir été déposer Tigre, qu'on lui demande de sauter une fois encore dans le break. C'était différent, bien sûr, à présent que Dick était là, mais à quel titre se serait-il plaint d'un léger changement de protocole ? Dick était au volant, Polly s'assit à côté de lui, et Mr. Bones monta à l'arrière, couché sur une serviette de plage que Dick avait étendue afin de protéger la voiture des poils de chien errants. On ne pouvait pas baisser les vitres à l'arrière, ce qui réduisait considérablement le plaisir de la course, mais il appréciait néanmoins le mouvement pour lui-même et, l'un dans l'autre, il préférait nettement se trouver là où il était que là où il avait été.

Il sentait, pourtant, que tout n'était pas calme entre les Jones. Au cours du trajet, il devint évident que Polly était plus éteinte que d'habitude, elle regardait par la fenêtre à sa droite au lieu de regarder Dick, et au bout d'un moment son silence parut le démoraliser, lui aussi.

« Écoute, Polly, dit-il. Je regrette. Mais c'est vraiment pour son bien.

— Je n'ai pas envie d'en parler, répliqua-t-elle. Tu as pris ta décision, et voilà tout. Tu connais mon opinion, alors à quoi ça servirait d'en discuter encore ?

— Ce n'est pas comme si j'étais le seul à avoir eu cette idée, protesta Dick. Ça se fait couramment.

— Ah oui ? Et qu'est-ce que ça te dirait si on te le faisait, à toi ? »

Dick émit un son qui tenait à la fois du grogne-ment et du rire.

« Attends, mon chou, arrête. C'est un chien. Il ne saura même pas ce qui lui est arrivé.

— Je t'en prie, Dick, je n'ai pas envie d'en par-ler.

— Pourquoi pas ? Si ça te bouleverse telle-ment...

— Non. Pas devant lui. Ce n'est pas bien. »

Dick rit de nouveau, mais cette fois ce fut avec une sorte de stupéfaction tapageuse, un grand éclat de rire incrédule. « Tu plaisantes ! dit-il. Je veux dire : bon Dieu, Polly, il s'agit d'un chien !

— Pense ce que tu veux. Mais moi je ne dirai pas un mot de plus là-dessus dans cette voiture. »

Et en effet, elle garda le silence. Mais il en avait été dit assez pour que Mr. Bones commence à se poser des questions, et lorsque la voiture s'arrêta enfin et qu'il vit que c'était devant le même immeuble où Polly et lui étaient venus le mardi matin, le même immeuble qui abritait le cabinet d'un certain Walter A. Burnside, docteur en méde-cine vétérinaire, il comprit que quelque chose de terrible allait se passer.

Et en effet, ce fut le cas. Et ce qu'il y a de curieux, c'est que Dick avait raison. Mr. Bones ne sut jamais ce qui lui était arrivé. On l'endormit au moyen d'une injection dans la croupe, et après que l'excision fut pratiquée et qu'on l'eut ramené dans le break, il se sentait encore trop vaseux pour savoir où il était — et moins encore qui il était, ni s'il était. Ce ne fut que plus tard, quand l'effet de l'anesthésie passa, qu'il commença à sentir la dou-leur qui lui avait été infligée, mais, même alors, il demeura dans l'ignorance quant à ce qui l'avait provoquée. Il savait d'où elle venait, mais ce n'était pas pareil que de savoir pourquoi elle se trouvait là, et malgré son intention bien arrêtée d'examiner l'endroit, il remit cela à plus tard, se rendant compte qu'il manquait provisoirement de l'énergie nécessaire pour se contorsionner dans la position voulue. Il se trouvait déjà dans sa niche, à ce moment-là, étendu rêveur sur le côté gauche, et Polly, agenouillée devant la porte ouverte, lui caressait la tête et lui donnait à manger à la main — des petits morceaux de steak cuits à point. La viande avait une saveur extraordinaire, mais en vérité il n'avait guère d'appétit et s'il acceptait ce qui lui était offert, ce n'était que pour lui faire plaisir. Il ne pleuvait plus. Dick avait disparu quelque part avec Tigre, et Alice se trouvait encore à l'école, mais la compagnie de Polly était une consolation suffisante et, tandis qu'elle continuait à lui caresser la tête en l'assurant que tout allait s'arranger, il se demandait ce qui pouvait bien lui être arrivé et pourquoi cela faisait aussi mal.

Le moment venu, il examina les dégâts et découvrit ce qui manquait, mais parce qu'il était un chien et non un biologiste ou un professeur d'anatomie, il n'en sut pas davantage sur ce qui s'était passé. Oui, il était vrai que les bourses étaient vides et que ses chères vieilles joyeuses avaient disparu, mais qu'est-ce que cela signifiait au juste? Il avait toujours aimé se lécher à cet endroit, il en avait fait, à vrai dire, une habitude régulière depuis aussi loin que remontaient ses souvenirs, mais à part les tendres globes proprement dits, tout le reste semblait intact dans cette zone. Comment pouvait-il savoir que ces parties disparues avaient été responsables de sa paternité à de nombreuses reprises? A part son aventure de dix jours avec Greta, la malamute d'Iowa City, ses amours avaient toujours été brèves — accouplements impétueux, coups impromptus, culbutes frénétiques dans le foin — et il n'avait jamais vu aucun des chiots qu'il avait engendrés. Et quand bien même il les aurait vus, comment aurait-il pu établir le rapport ? Dick Jones avait fait de lui un eunuque, mais à ses propres yeux il était encore le prince de l'amour, le seigneur des Roméo canins, et il continuerait à faire la cour aux dames jusqu'à son dernier souffle. Pour une fois, la dimension tragique de sa propre vie lui échappait. La seule chose qui comptait, c'était la douleur physique, et une fois celle-là disparue il n'eut plus une pensée pour l'opération.

Le temps passa. Il s'adapta aux rythmes de la maisonnée, s'habitua aux diverses allées et venues autour de lui, en vint à comprendre la différence entre les jours de semaine et les week-ends, à distinguer le bruit du bus scolaire de celui du camion des transports UPS, les odeurs des animaux qui vivaient dans le bois voisin du jardin : écureuils roux, ratons laveurs, écureuils rayés, lapins, et toutes sortes d'oiseaux. Il savait désormais que les oiseaux ne valaient pas la peine, mais chaque fois qu'une créature dépourvue d'ailes se hasardait sur la pelouse, il prenait sur lui de chasser cette vermine de la propriété et se ruait dessus avec des aboiements et des grondements frénétiques. Tôt ou tard, ces bestioles s'apercevraient qu'il était accroché à ce foutu câble, mais pour l'instant ils paraissaient dans l'ensemble assez intimidés par sa présence pour que le jeu reste intéressant. A l'exception du chat, bien entendu, mais c'est toujours comme ça avec les chats, et le noiraud d'à côté avait déjà évalué la longueur exacte de la laisse qui maintenait Mr. Bones attaché au câble, ce qui signifie qu'il connaissait les limites de sa mobilité en chaque point du jardin. L'intrus félin se postait toujours à un endroit calculé de manière à provoquer un maximum de frustration : à quelques centimètres hors de portée du chien. Mr. Bones n'y pouvait rien. Il pouvait soit rester là

155

et aboyer comme un fou tandis que le chat feulait et lui menaçait le visage de ses griffes, soit se retirer dans sa niche et prétendre ignorer le chat, même si cet enfant de salaud sautait alors sur le toit et se mettait à enfoncer ses griffes dans les épais bardeaux de cèdre juste au-dessus de sa tête. Telle était l'alternative : griffures ou moqueries, de toute façon il était perdant. De cette niche, par contre, on apercevait parfois de petits miracles, surtout la nuit. Un renard argenté, par exemple, qui se carapata sur la pelouse et disparut avant que Mr. Bones ait pu bouger un muscle, laissant imprimée dans sa mémoire une image si nette, d'une perfection si cristalline qu'il la revit ensuite continuellement pendant plusieurs jours : apparition légère et rapide, la grâce de la sauvagerie pure. Et puis une nuit, à la fin de septembre, il y eut la biche qui sortit du bois, marcha dans l'herbe sur la pointe des pieds pendant vingt ou trente secondes et puis, effrayée par le bruit lointain d'une voiture, repartit d'un bond vers l'obscurité, marquant la pelouse de grosses mottes de terre qui s'y trouvaient encore la semaine suivante.

Mr. Bones se prit d'une grande affection pour cette pelouse — ce tapis touffu et moelleux, avec les sauterelles qui bondissaient de-ci, de-là entre ses brins verts et l'odeur de terre qui en montait où qu'on se tournât et, après quelque temps, il se rendit compte que s'ils avaient, lui et Dick, quelque chose en commun, c'était cet amour profond et irrationnel du gazon. C'était leur lien, mais c'était aussi la source de leur plus gros différend philosophique. Pour Mr. Bones, la beauté de la pelouse était un don de Dieu, et il lui semblait qu'elle devait être considérée comme un sol sacré. Dick croyait, lui aussi, à cette beauté, mais il savait qu'elle résultait de l'effort humain, et que si l'on voulait qu'elle dure, un soin et une attention infinis étaient indispensables. Le terme était : « entretien de la pelouse », et jusqu'à la mi-novembre il ne se passa pas une semaine sans que Dick ne consacre au moins une journée entière à fignoler et à tondre ses mille mètres carrés de gazon. Il possédait sa propre machine — un véhicule orange et blanc qui ressemblait à un croisement entre une voiturette de golf et un mini-tracteur — et chaque fois qu'il mettait le moteur en marche, Mr. Bones se sentait certain d'en mourir. Il haïssait le bruit de cet engin, haïssait la furie assourdissante de ses crachements et bégaiements, haïssait l'odeur d'essence dont il imprégnait l'atmosphère dans ses moindres recoins. Chaque fois que Dick apparaissait dans le jardin sur cette chose rugissante, Mr. Bones se cachait dans sa niche et s'enfouissait la tête sous ses couvertures en une futile tentative de se protéger les oreilles, mais il n'y avait pas d'échappatoire, en réalité, aucune solution hormis l'autorisation de sortir carrément du jardin. Mais Dick avait ses principes, et puisque Mr. Bones était censé rester dans le jardin, le pilote prétendait ne pas remarquer les souffrances du chien. Les semaines se succédaient, et à force d'assauts répétés contre ses oreilles, Mr. Bones ne put empêcher que grandît en lui un certain ressentiment contre Dick pour son refus de tenir compte de lui.

Il était indiscutable que tout se passait mieux en l'absence de Dick. C'était une des réalités de l'existence, et il apprit à l'accepter de la même façon qu'il avait appris jadis à accepter les mauvais traitements de Mrs. Gurevitch. Elle lui avait manifesté au début une franche hostilité, et sa première année à Brooklyn avait été pleine de méchantes tapes sur le nez et de réprimandes hargneuses de la part de la vieille chipie, engendrant une animosité réciproque. Mais tout cela n'avait-il pas changé ? Il l'avait conquise, à la fin, et qui pouvait savoir si la même chose n'arriverait pas avec Dick ? En attendant, il essayait de ne pas trop y penser. Il avait trois personnes à aimer désormais, et après avoir passé toute sa vie comme le chien d'un seul homme, c'était plus que suffisant. Même Tigre devenait prometteur, et du moment qu'on apprenait à éviter ses petits doigts tenaces, sa compagnie pouvait même être amusante — à doses légères. Avec Alice, par contre, aucune dose n'était excessive. Il regrettait qu'elle ne pût passer davantage de temps auprès de lui, mais elle s'en allait toute la journée dans cette école de malheur, et après la classe, avec les cours de danse du mardi et les leçons de piano du jeudi, sans parler des devoirs qu'elle devait faire tous les soirs, leurs rencontres se limitaient en général, les jours de semaine, à de courtes conversations au petit matin — quand elle retapait ses couvertures et remplissait ses bols de nourriture et d'eau — et puis, une fois qu'elle était rentrée à la maison, à la période juste avant le dîner, quand elle venait lui raconter ce qui lui était arrivé depuis le matin et lui demander comment s'était déroulée sa journée. C'était l'une des choses qu'il préférait en elle : sa façon de lui parler, en passant calmement de point en point sans rien omettre, comme s'il n'avait jamais été question qu'il ne pût comprendre ce qu'elle disait. Alice vivait la plupart du temps dans un monde peuplé d'êtres imaginaires, et elle introduisit Mr. Bones dans ce monde et fit de lui son partenaire, son protagoniste, son premier rôle masculin. Les samedis et les dimanches étaient pleins de ces improvisations rocambolesques. Il y eut l'invitation pour le thé dans le château de la baronne de Dunwitty, une belle dame dangereuse et machiavélique qui intriguait pour s'emparer du royaume de Floriania. Il y eut le tremblement de terre à Mexico. Il y eut l'ouragan sur le rocher de Gibraltar, et il y eut le naufrage qui les abandonna tous deux, échoués sur le rivage de Nemo Island, où la seule nourriture consistait en fragments de brindilles et en coques de glands, mais si on réussissait à découvrir le ver magique qui rampait la nuit juste sous la surface du sol, et si on l'avalait d'une bouchée, on recevait le don de voler. (Mr. Bones avala le ver de terre qu'elle lui offrit et puis, avec Alice cramponnée à son dos, il s'éleva dans les airs et ils s'échappèrent de l'île.)

Tigre, c'était des courses et des sauts. Alice, c'était les mots et la rencontre des intelligences. Elle était cette âme ancienne dans un corps jeune qui avait su persuader ses parents de le garder, mais à présent qu'il se trouvait là et qu'il avait vécu un certain temps parmi eux, il savait que celle qui avait le plus grand besoin de lui, c'était Polly. Après plusieurs dizaines de matinées passées à la suivre partout, à écouter ce qu'elle lui racontait et à observer ce qu'elle faisait, Mr. Bones comprit qu'elle était tout autant que lui prisonnière des circonstances. Quand elle avait rencontré Dick, elle n'avait que dix-huit ans. Elle venait de terminer le lycée, et afin de gagner un peu d'argent avant d'entrer au début de l'automne à l'université de Charlotte, en Caroline du Nord, elle avait pris pour l'été un emploi de serveuse dans un restaurant de fruits de mer à Alexandrie, en Virginie. La première fois que Dick y était venu, ça s'était terminé par une demande de rendez-vous. Il avait neuf ans de plus qu'elle, et elle le trouvait si beau et si sûr de lui qu'elle s'était laissée aller plus loin qu'elle n'en avait eu l'intention. L'idylle avait duré trois ou quatre semaines, et puis elle était repartie à Charlotte et elle était entrée à l'université. Elle avait le projet d'obtenir un diplôme en éducation et de devenir institutrice mais, à un mois du début de son premier trimestre, elle s'était aperçue qu'elle était enceinte. Quand elle en avait informé ses parents, ils avaient été scandalisés. Ils lui avaient dit qu'elle était une catin, que son dévergondage les couvrait de honte, et puis ils avaient refusé de l'aider — ce qui avait provoqué dans la famille une faille qui ne fut jamais tout à fait comblée, pas même au bout de neuf années de repentir et de contrition de part et d'autre. Ce n'était pas qu'elle eût envie d'épouser Dick, mais après que son père lui avait tourné le dos, que pouvait-elle faire d'autre ? Dick affirmait qu'il l'aimait. Il ne cessait de lui répéter qu'elle était la fille la plus jolie et la plus remarquable du monde, et après deux mois d'hésitations et d'abandon aux spéculations les plus désespérées (se faire avorter, faire adopter le bébé ou garder le bébé en essayant de se débrouiller seule), elle avait capitulé et quitté l'université pour épouser Dick. Dès que le bébé aurait grandi, elle pensait pouvoir reprendre ses études, mais Alice était née avec toutes sortes de problèmes médicaux, et pendant quatre ans l'existence de Polly avait été entièrement prise par les docteurs, les hôpitaux, la chirurgie expérimentale, une interminable ronde de traitements et de consultations censés maintenir en vie sa petite fille. C'était l'accomplissement dont elle était le plus fière, en tant qu'être humain, confia-t-elle un matin à Mr. Bones — la façon dont elle s'était occupée d'Alice et l'avait tirée d'affaire — mais bien qu'elle n'eût été qu'une très jeune fille à l'époque, elle se demandait si ça n'avait pas définitivement drainé son énergie. Lorsque la santé d'Alice lui avait permis d'entrer à l'école, Polly s'était mise à envisager de reprendre ses études, mais alors elle était tombée enceinte de Tigre et elle avait dû y renoncer de nouveau. A présent, il était sans doute trop tard. Dick commençait à bien gagner sa vie, et si l'on combinait son salaire avec certains des investissements qu'il avait faits, les Jones étaient désormais très à l'aise. Il n'avait pas envie qu'elle travaille, et chaque fois qu'elle laissait entendre que, de toute façon, ça lui plairait de travailler, il lui opposait toujours la même réponse. Elle avait déjà une carrière, disait-il. Épouse et mère, c'était un métier assez exigeant pour n'importe quelle femme, et du moment qu'il pouvait la prendre en charge, pourquoi changer les choses pour le simple plaisir de les changer ? Et puis, afin de lui démontrer combien il l'aimait, il alla lui acheter cette grande et belle maison.

Polly aimait la maison, mais elle n'aimait pas Dick. C'était devenu évident aux yeux de Mr. Bones, et même si Polly elle-même ne le savait pas encore, il ne se passerait plus bien longtemps avant que la vérité n'éclate devant elle. C'était pour cela qu'elle avait besoin de Mr. Bones, et parce qu'il l'aimait plus que tout être vivant au monde, il était heureux de lui servir de confident et de caisse de résonance. Il n'y avait personne d'autre pour jouer ce rôle auprès d'elle, et bien qu'il ne fût qu'un simple chien qui ne pouvait ni la conseiller ni répondre à ses questions, la seule présence de cet allié suffisait à donner à Polly le courage de certains actes que sans cela elle n'aurait pas accomplis. L'établissement de son règlement personnel concernant l'accès du chien à la maison n'était pas une affaire bien sérieuse, mais à sa petite façon cela représentait un geste de défi envers Dick, un cas microscopique de trahison qui pourrait, le temps venu, entraîner des trahisons plus importantes et plus significatives. Mr. Bones et Polly savaient tous deux que Dick ne voulait pas du chien dans la maison, et cette injonction ne faisait qu'augmenter le plaisir de ses visites en leur donnant un caractère clandestin et dangereux, comme s'ils étaient, Polly et lui, complices dans une révolte de palais contre le roi. Mr. Bones avait été appelé dans une guerre des nerfs, un antagonisme larvé, et plus sa présence se prolongeait, plus crucial devenait son rôle. Au lieu de s'en prendre l'un à l'autre, Dick et Polly se disputaient à présent à propos du chien, en se servant de lui comme d'un prétexte à soutenir leurs causes distinctes, et bien qu'il fût rarement admis dans le secret de leurs conversations, il en apprenait assez en entendant Polly parler à sa sœur au téléphone pour savoir que quelques batailles féroces avaient été livrées à son sujet. L'affaire du poil-sur-le-tapis n'en fut qu'un exemple. Polly prenait toujours soin d'éliminer les traces de Mr. Bones dans la maison avant le retour de Dick, en passant soigneusement l'aspirateur partout où le chien s'était trouvé, et en se mettant même à quatre pattes si nécessaire pour enlever au moyen de bandes de Scotch les poils errants qui avaient pu échapper à la machine. Une fois, pourtant, qu'elle avait été moins consciencieuse, Dick découvrit quelques vestiges du pelage de Mr. Bones sur le tapis du salon. Comme Polly le rapporta à sa sœur Peg, qui habitait Durham, ces malheureux poils furent le prétexte d'une longue et violente altercation. « Dick me demande ce que ces poils font là, raconta-t-elle, assise sur un des tabourets de la cuisine et en fumant l'une de ses rares cigarettes matinales, et je lui dis je ne sais pas, ils sont peut-être tombés d'un des enfants. Alors il monte dans notre chambre et il en trouve un autre par terre à côté de la table de nuit. Il redescend en le tenant entre deux doigts et il me dit : Je suppose que ça non plus, tu ne sais pas ce que c'est, et je dis non, comment le saurais-je ? Ça vient peut-être de la brosse de Sparky. De sa brosse ? fait Dick. Qu'est-ce que tu fiches avec sa brosse dans la chambre à coucher ? Je la nettoie, je réponds, très calme, quelle importance ? Mais Dick ne veut pas en rester là. Il faut qu'il aille au fond du mystère, et donc il continue à insister : Pourquoi tu ne l'as pas nettoyée dans le jardin, là où tu es supposée le faire ? Parce qu'il pleuvait, je réponds, ça doit bien être ma quatorzième invention depuis le début de cette histoire. Alors il me demande : Pourquoi n'as-tu pas fait ça dans le garage ? Parce que je n'avais pas envie, je réponds. Il fait trop sombre là-dedans. Et donc, fait Dick, qui est vraiment en train de se mettre en rogne, tu rentres avec la brosse du chien et tu la nettoies sur le lit. C'est ça, je dis, je l'ai nettoyée sur le lit parce que c'était là que j'avais envie de la nettoyer, et il dit : Tu ne trouves pas ça dégoûtant, Polly ? Tu ne sais pas combien j'ai horreur de ça ? Je t'assure, Peg, il a encore continué comme ça pendant dix minutes. Toutes ces conneries mesquines, ça me rend cinglée, parfois. J'ai horreur de lui mentir, mais qu'est-ce que je peux faire d'autre quand on retombe dans une de ces disputes stupides ? Il est tellement rigoriste, cet homme. Il a le cœur à la bonne place, mais la plupart du temps il oublie où ça se trouve. Bon Dieu. Si je lui disais que je fais entrer le chien dans la maison, il demanderait sans doute le divorce. Il ferait ses valises et il partirait. »

Telle était la tourmente conjugale au milieu de laquelle Mr. Bones était tombé. Tôt ou tard, quelque chose devait lâcher, mais jusqu'au jour où Polly se réveillerait et se déciderait enfin à mettre ce pleutre à la porte, l'atmosphère resterait chargée d'intrigues et d'animosités enfouies, offensives et contre-offensives de l'amour agonisant. A tout cela, Mr. Bones s'ajustait de son mieux. Tant de choses étaient encore neuves pour lui ; cependant, il lui restait tant de choses à étudier et à comprendre, que les hauts et les bas matrimoniaux de Polly n'occupaient qu'une petite partie de son énergie. Les Jones lui avaient fait découvrir un monde différent de celui qu'il avait connu en compagnie de Willy, et pas un jour ne se passait sans que lui advînt quelque révélation soudaine, sans qu'il n'éprouvât quelque regret cuisant à l'idée de ce qu'il avait manqué au cours de sa vie antérieure. Ce n'était pas seulement les courses quotidiennes en voiture, et ce n'était pas seulement les repas réguliers ni l'absence de tiques et de puces dans son pelage. C'étaient les barbecues dans le patio donnant sur le jardin, les côtes de bœuf dont on lui donnait les os à ronger, les sorties dominicales à l'étang de Wanacheebee où il nageait avec Alice dans l'eau fraîche, le sentiment général de splendeur et de bien-être qui le submergeait. Il avait pris pied dans l'Amérique des garages pour deux voitures, des prêts pour amélioration des logements et des galeries marchandes néo-Renaissance, et la vérité, c'est qu'il n'y voyait aucun inconvénient. Willy avait toujours attaqué ces choses-là, en déblatérant à sa manière incohérente et comique, mais Willy les avait regardées de l'extérieur, et il avait refusé de laisser la moindre chance à tout ce qu'il y voyait. A présent qu'il se trouvait à l'intérieur, Mr. Bones se demandait où son vieux maître avait déraillé, et pourquoi il s'était donné tant de mal pour mépriser les agréments de la bonne vie. Sans doute, tout n'était pas parfait ici, mais il y avait de nombreux bons côtés, et une fois qu'on s'était habitué aux mécanismes du système ça ne paraissait plus tellement grave de passer ses journées attaché à un câble. Et lorsqu'on vivait là depuis deux mois et demi, on cessait même d'attacher de l'importance au fait d'avoir été rebaptisé Sparky.

V

Le concept de vacances en famille lui était entièrement inconnu. A Brooklyn, quand il n'était qu'un chiot, il avait parfois entendu Mrs. Gurevitch prononcer le mot « vacances », mais jamais en aucune façon qui suggérât une relation avec le mot « famille ». Stoppant soudain son activité ménagère, *Mama-san* se laissait tomber sur le canapé, posait les pieds sur la table basse et poussait un long soupir passionné. « Ça y est, disait-elle, je suis en vacances. » D'après cet usage, le mot semblait être un synonyme de « canapé », ou peut-être n'était-ce qu'une façon plus élégante de décrire l'action de s'asseoir. Dans un cas comme dans l'autre, ça n'avait rien à voir avec la famille — et rien à voir avec la notion de voyage. Le voyage, c'était ce qu'il faisait avec Willy, et pendant toutes les années qu'ils avaient passées ensemble sur les routes, il ne se rappelait pas une seule circonstance où le mot « vacances » eût franchi les lèvres de son maître. Il aurait pu en être autrement si Willy avait eu quelque part un emploi rémunéré, mais à part quelques vagues boulots récoltés en chemin (balayeur dans un bar à Chicago, stagiaire pour une messagerie de Philadelphie) il avait toujours été son propre maître. Le temps passait pour eux en un flot ininterrompu, et sans nécessité de partager le calendrier en périodes de travail et périodes de repos, sans désir particulier de célébrer les fêtes nationales, les anniversaires ou les solennités religieuses, ils avaient vécu dans un monde à part, sans avoir à se soucier des horloges ni du décompte des heures qui occupaient une si grande partie du temps de tous les autres gens. Le seul jour de l'année qui fît exception était Noël, mais Noël n'était pas un jour de congé, c'était un jour de travail. Dès que pointait le 25 décembre, si épuisé que Willy se sentît ou quelle que fût sa gueule de bois, il enfilait toujours sans tarder son costume de père Noël et passait la journée à se promener dans les rues en semant l'espoir et la bonne humeur. C'était sa façon d'honorer son père spirituel, disait-il, de se souvenir de ses vœux de pureté et d'abnégation. Mr. Bones avait toujours trouvé le discours de son maître à propos de la paix et de la fraternité un peu bébête à son goût, mais si douloureux qu'il fût parfois de voir l'argent de leur prochain repas aboutir entre les mains de quelqu'un qui en avait moins besoin qu'eux, il savait que la folie de Willy n'était pas dépourvue de méthode. Le bien engendre le bien ; le mal engendre le mal ; et même si au bien que l'on fait la réponse est le mal, on n'a pas le choix, il faut continuer à donner plus qu'on ne reçoit. Sinon — et tels étaient les termes exacts de Willy — à quoi bon continuer à vivre ?

Alice fut la première à prononcer devant lui les mots « vacances en famille ». C'était le samedi suivant *Thanksgiving*, et elle venait d'arriver au jardin avec un sac en plastique rempli de restants de dinde et de farce — encore des miracles en provenance de la cuisine immaculée de Polly. Avant de verser le contenu du sac dans le bol de Mr. Bones, Alice s'accroupit près de lui et déclara : « C'est décidé, Sparky. On part en vacances en famille. Le mois prochain, quand je n'aurai pas école, papa nous emmène à Disneyworld. » Elle en paraissait si heureuse et excitée que Mr. Bones supposa qu'il s'agissait d'une bonne nouvelle, et puisqu'il ne lui vint jamais à l'esprit qu'il pouvait ne pas être inclus dans les « on » et les « nous » d'Alice, il se trouva plus intéressé par la nourriture qu'il allait manger que par les conséquences possibles de cette nouvelle expression. Il lui fallut environ trente secondes pour liquider la dinde, et alors, après avoir lapé un demi-bol d'eau, il s'allongea sur l'herbe et écouta Alice lui fournir de plus amples détails. Tigre allait adorer rencontrer Mickey Mouse et Donald Duck, déclara-t-elle, et même si elle était, quant à elle, devenue trop grande pour ces enfantillages, elle se rappelait combien ça lui avait plu aussi quand elle était petite. Mr. Bones savait qui était ce Mickey Mouse et, compte tenu de ce qu'on lui en avait raconté, il n'était guère impressionné par le personnage. Qui avait jamais entendu parler d'une souris qui possède un chien ? C'était risible, en vérité, une insulte au bon goût et au sens commun, une perversion de l'ordre naturel. Le premier imbécile venu pouvait vous dire que ça devait être le contraire. Les grandes créatures dominent les petites créatures, et s'il avait une certitude en ce monde, c'était bien que les chiens sont plus grands que les souris. Il se sentait donc fort intrigué, couché dans l'herbe en ce samedi après-midi de novembre, d'entendre Alice parler avec un tel enthousiasme du voyage projeté. Il ne comprenait pas, tout simplement, ce qui pouvait pousser les gens à parcourir des centaines de miles rien que pour voir une souris de pacotille. La vie avec Willy n'offrait peut-être pas de nombreux avantages, mais personne ne pouvait accuser Mr. Bones de n'avoir pas voyagé. Il avait été partout, et en son temps il avait vu à peu près tout. Ce n'était pas à lui de le dire, bien entendu, mais si les Jones cherchaient un endroit intéressant à visiter, ils n'avaient qu'à demander, il aurait été enchanté de les conduire dans n'importe lequel d'une douzaine d'endroits charmants.

Le sujet ne fut plus abordé pendant le reste du week-end. Mais le lundi matin, en entendant Polly bavarder au téléphone avec sa sœur, le chien se rendit compte qu'il avait très mal compris ce qu'Alice lui avait raconté. Il n'était pas question simplement d'aller rendre visite à la souris et puis de faire demi-tour et de rentrer à la maison, mais aussi de quinze jours de chambardements et d'agitation. Il était question d'avions et d'hôtels, de voitures de location et d'équipement de pêche sous-marine, de réservation de restaurants et de tarifs familiaux réduits. Il n'y avait pas seulement la Floride, il y avait aussi la Caroline du Nord, et en écoutant Polly discuter au téléphone des dispositions à prendre pour passer Noël chez Peg, à Durham, il lui apparut enfin que, où que les entraînent ces vacances familiales, lui ne partirait pas avec eux. « On a besoin de changer d'air, expliquait Polly, et ça va peut-être nous faire du bien. Qui sait ? Peg, de toute façon j'ai envie de tenter le coup. J'ai dix jours de retard, et si ça veut dire ce que je crois, il faut que je réfléchisse vite. » Et puis, après un bref silence : « Non, je ne lui ai encore rien dit. Mais ce voyage, c'était son idée, et j'essaie de voir ça comme un bon signe. » Un autre silence suivit, et puis, enfin, il entendit les mots qui lui apprirent ce que signifiaient réellement des *vacances en famille* : « On le mettra dans un chenil. Il paraît qu'il y en a un très bien à une dizaine de miles d'ici. Merci de me l'avoir rappelé, Peg. Je ferais mieux de m'en occuper tout de suite. Ces endroits peuvent être terriblement surpeuplés à la période de Noël. »

Il resta planté là en attendant qu'elle termine, en la fixant d'un de ces regards désolés et stoïques que les chiens adressent aux hommes depuis quarante mille ans. « Ne t'en fais pas, Spark Plug, dit-elle en raccrochant le combiné, ce n'est que pour deux semaines. On aura à peine eu le temps de te manquer qu'on sera déjà revenus. » Et puis, en se penchant pour l'embrasser, elle ajouta : « De toute façon, tu vas me manquer bien plus que je ne te manquerai. Je t'ai dans la peau, mon vieux toutou, je ne peux plus vivre sans toi. »

Bon, ils allaient revenir. Il se sentait assez rassuré sur ce point, maintenant, mais cela ne voulait pas dire qu'il n'aurait pas préféré les accompagner. Non qu'il fût dévoré d'envie de se retrouver confiné dans une chambre d'hôtel en Floride, ni de voyager dans la soute à bagages d'un avion, mais c'était le principe qui l'ennuyait. Willy ne l'avait jamais abandonné. Pas une seule fois, en aucune circonstance, et il n'était pas habitué à ce qu'on le traite ainsi. Il avait sans doute été gâté, mais selon son credo personnel le bonheur canin ne dépendait pas seulement du sentiment d'être désiré. Il fallait aussi se sentir nécessaire.

C'était une déconvenue, mais en même temps il savait que ce n'était pas la fin du monde. Cela, il l'avait désormais appris et, les choses étant ce qu'elles étaient, Mr. Bones se serait sans doute remis de sa déception et aurait fait son temps en prison avec une bonne grâce docile. Il avait connu des épreuves pires que celle-ci, après tout, mais trois jours après avoir appris la mauvaise nouvelle, il sentit le premier d'une série de tiraillements douloureux dans son abdomen, et au cours des deux semaines et demie qui suivirent, les douleurs s'étendirent à ses hanches, à ses membres et même à sa gorge. Des esprits malins se tenaient tapis au fond de lui, et il savait que c'était Burnside qui les y avait mis. A ce charlatan, trop occupé à regarder les jambes de Polly, quelque chose devait avoir échappé, il devait avoir oublié de pratiquer un test ou d'examiner le sang de Mr. Bones à l'aide du bon microscope. Les symptômes étaient encore trop vagues pour être accompagnés de manifestations extérieures (pas de vomissements, pas de diarrhées, aucune crise encore), mais plus les jours passaient, moins Mr. Bones se sentait en forme, et, au lieu de prendre cette histoire de vacances en famille comme elle venait, il se mit à bouder et à broyer du noir, à décomposer son inquiétude en un millier de particules, et ce qui au début paraissait n'être qu'une petite bosse sur la route devint un malheur à grande échelle.

Le chenil n'était pourtant pas un endroit déplaisant. Même lui pouvait le constater, et quand Alice et son père l'y déposèrent dans l'après-midi du 17 décembre, Mr. Bones dut reconnaître que Polly avait bien fait les choses. L'Eden canin n'était ni Sing-Sing ni l'île du Diable, il n'avait rien d'un camp d'internement pour animaux maltraités et négligés. Situé au cœur d'une propriété de huit hectares qui avait fait partie autrefois d'une vaste plantation de tabac, c'était une retraite rurale quatre étoiles, un hôtel canin destiné à satisfaire les besoins et les caprices des chouchous les plus gâtés et les plus exigeants. Les cages-chambres à coucher s'alignaient le long des murs est et ouest d'une grange rouge et caverneuse. Il y en avait soixante, avec un espace généreux prévu pour chacun des pensionnaires (plus vaste, à vrai dire, que la niche de Mr. Bones à la maison), et non seulement elles étaient nettoyées tous les jours, mais encore elles comprenaient chacune un tapis moelleux et lessivé de frais ainsi qu'un jouet à mâcher en cuir brut — en forme d'os, de chat ou de souris, au choix du propriétaire. La porte arrière de la grange donnait sur un pré clos de près d'un hectare qui servait de terrain d'exercice. Des régimes spéciaux pouvaient être obtenus sur demande, et des bains hebdomadaires étaient donnés sans frais supplémentaires.

Mais rien de tout cela ne comptait, en tout cas pas pour Mr. Bones. Ce nouvel environnement ne parvint pas à l'impressionner, à éveiller en lui le moindre signe d'intérêt, et même après avoir été présenté au propriétaire, à la femme du propriétaire et à différents membres du personnel (tous de solides et sympathiques amateurs de chiens), il n'éprouvait aucune envie de rester. Cela n'empêcha pas Dick et Alice de partir, bien sûr, et si Mr. Bones avait envie de hurler ses objections au sale coup qu'ils lui faisaient, il ne trouvait assurément rien à reprocher aux adieux tendres et éplorés d'Alice. A sa façon abrupte, même Dick parut un peu triste au moment de dire au revoir. Ils montèrent dans le break et partirent, et tandis qu'il les regardait cahoter sur le chemin de terre et disparaître derrière le corps de bâtiment principal, il eut le premier soupçon du genre d'ennuis qui l'attendaient. Ce n'était pas un simple coup de cafard, comprit-il, et ce n'était pas seulement l'appréhension. Il était atteint de quelque chose de grave et, quel qu'il fût, le mal qui couvait en lui ces derniers temps était sur le point d'éclater. Il avait la tête douloureuse, le ventre en feu, les membres envahis d'une faiblesse telle qu'il eut soudain de la peine à se tenir debout. On lui donna à manger, mais l'idée de manger l'écœurait. On lui offrit un os à ronger, mais il détourna la tête. Seule l'eau lui paraissait acceptable, mais quand on poussa de l'eau devant lui il arrêta de boire après deux gorgées.

On l'installa dans une cage entre un bouledogue

asthmatique de dix ans et une splendide labrador blonde. D'habitude, une femelle de ce calibre aurait provoqué en lui des spasmes de reniflements voluptueux, mais ce soir-là il eut à peine la force de manifester qu'il s'était aperçu de sa présence avant de se laisser tomber sur son tapis et de sombrer dans le sommeil. Quelques instants après avoir perdu conscience, il rêvait de nouveau de Willy, et ce rêve n'avait rien de commun avec les précédents : au lieu d'aimables encouragements et de rationalisations apaisantes, il goûta dans sa plénitude la fureur de son maître. Peut-être était-ce la fièvre qui brûlait en lui, ou bien quelque chose était arrivé à Willy à Tombouctou, en tout cas l'homme qui se trouvait devant Mr. Bones cette nuit-là n'était pas le Willy qu'il avait connu dans la vie et dans la mort pendant sept années et trois quarts. Celui-ci était un Willy vengeur et sarcastique, un Willy démon, un Willy sans la moindre compassion ni gentillesse, et ce personnage inspira au pauvre Mr. Bones une telle terreur qu'il perdit le contrôle de sa vessie et se pissa dessus pour la première fois depuis qu'il avait cessé d'être un chiot.

Comme pour augmenter sa confusion, le faux Willy était en apparence identique au vrai, et quand il apparut dans le rêve de cette nuit-là il portait la même tenue loqueteuse de père Noël que le chien lui avait vu porter lors des sept Noëls précédents. Pire encore, le rêve n'avait pas pour décor quelque lieu familier du passé — comme celui qui se passait dans le métro, par exemple — mais le présent, cette cage où couchait Mr. Bones. Le chien ferma les yeux, et quand il les rouvrit dans le rêve, Willy était là, assis dans un coin à deux pieds de lui, le dos appuyé contre les barreaux. « Je ne te dirai ceci qu'une fois, commença-t-il, alors tu m'écoutes et tu la boucles. Tu t'es laissé aller, tu n'es plus qu'une vieille, mauvaise et répugnante farce, et je t'interdis de me faire venir dans tes pensées désormais. N'oublie pas ça, corniaud. Grave ça au seuil de ton palais, et ne prononce plus jamais mon nom — ni en vain, ni par amour, ni sous aucun prétexte. Je suis mort, et je veux qu'on me foute la paix. Toutes ces plaintes, toutes ces jérémiades à propos de ce qui t'est arrivé — tu crois que je ne les entends pas ? Ça m'écœure de t'écouter, chien, et cette fois-ci est la dernière où tu m'aperçois dans tes rêves. Tu comprends ? Lâche-moi, cervelle d'oiseau. Donne-moi du champ. J'ai des amis à présent, je n'ai plus besoin de toi. Tu piges ? Dégage de mon existence et reste en dehors. J'en ai fini avec toi. »

Au matin, la fièvre était si forte qu'il voyait double. Son estomac était un champ de bataille où des microbes se faisaient la guerre, et chaque fois qu'il remuait, qu'il bougeait ne fût-ce que d'un centimètre ou deux de l'endroit où il était couché, une nouvelle attaque se déclenchait. Il avait l'impression que des bombes sous-marines explosaient dans ses entrailles, que des gaz empoisonnés rongeaient ses organes internes. Il s'était éveillé plusieurs fois au cours de la nuit avec des haut-le-cœur incontrôlables jusqu'à ce que la douleur s'apaise, mais aucune de ces rémissions n'avait duré très longtemps, et quand le jour se leva enfin et que la lumière entra à flots entre les chevrons de la grange, il vit qu'il était entouré d'une demi-douzaine de flaques de vomi : petit tas de glaires séchées, bouts de viande à moitié digérés, particules de sang coagulé, innommables brouets jaunâtres.

Un gigantesque chahut se déchaînait autour de lui à ce moment, mais Mr. Bones se sentait trop mal pour y faire attention. Les autres chiens étaient sur pied et saluaient de leurs aboiements la journée qui commençait, mais le mieux qu'il pût faire consistait à rester couché là dans son état de torpeur, à contempler le gâchis dont son corps était responsable. Il savait qu'il était malade, mais à quel point au juste, et où sa maladie l'entraînait-elle au juste, il n'en avait aucune idée. Un chien pouvait mourir d'une chose pareille, se disait-il, mais un chien pouvait aussi guérir et se retrouver en pleine forme au bout de quelques jours. S'il avait le choix, il aurait préféré ne pas mourir. Malgré ce qui s'était passé dans le rêve de la nuit, il avait encore envie de vivre. La cruauté sans précédent de Willy l'avait frappé de stupeur, lui avait fait éprouver le sentiment de son malheur et de son insupportable solitude, mais cela ne voulait pas dire que Mr. Bones n'était pas prêt à pardonner à son maître. On ne tournait pas le dos à quelqu'un parce qu'il vous avait fait défaut une fois — pas après toute une vie d'amitié, non, et surtout pas s'il y avait des circonstances atténuantes. Willy était mort, et qui savait si les morts ne devenaient pas amers et méchants après avoir été morts pendant quelque temps ? Et puis encore, peut-être n'était-ce pas Willy. L'homme du rêve pouvait avoir été un imposteur, un démon sous l'apparence de Willy, envoyé de Tombouctou pour tromper Mr. Bones et le tourner contre son maître. Et puis même si c'était Willy, et même si ses observations avaient été formulées de façon excessivement désagréable et malveillante, Mr. Bones avait assez d'honnêteté pour reconnaître qu'elles contenaient un ferment de vérité. Il avait passé trop de temps à s'apitoyer sur son sort, ces dernières semaines, gaspillé trop d'heures précieuses à ruminer des offenses et des injustices infinitésimales, et une telle conduite était inconvenante chez un chien de sa classe. Il avait beaucoup de raisons d'éprouver de la reconnaissance, et encore beaucoup de sa vie devant lui. Il savait que Willy lui avait interdit de jamais plus penser à lui, mais Mr. Bones ne pouvait s'en empêcher. Plongé dans cet état vertigineux et à demi délirant que provoquent les fortes fièvres, il n'était pas plus capable de contrôler les pensées fugaces qui lui passaient par la tête que de se lever pour ouvrir la porte de sa cage. Si par hasard Willy se trouvait à présent faire partie de ces pensées, il n'y pouvait pas grand-chose. Son maître n'aurait qu'à se boucher les oreilles et attendre que la pensée s'en aille. Mais, au moins, Mr. Bones ne se plaignait plus. Au moins, il essayait de bien se tenir.

Moins d'une minute après qu'il avait évoqué la porte de sa cage, une jeune femme arriva et tira le verrou. Elle s'appelait Beth, et elle portait une doudoune en nylon bleu. Les cuisses dodues, un visage d'une rondeur extrême, les cheveux coupés au carré. Mr. Bones se souvenait de l'avoir vue la veille. C'était elle qui avait essayé de lui donner à manger et à boire, elle qui lui avait caressé la tête en lui disant qu'il se sentirait mieux au matin. Gentille fille, mais pas très forte en diagnostic. Les vomissures semblèrent l'inquiéter, et elle se pencha donc pour entrer dans la cage et les regarder de plus près. « Pas une très bonne nuit, hein, Sparky ? dit-elle. Je pense qu'on devrait peut-être te montrer à papa. » Papa, c'était l'homme de la veille, il s'en souvenait, celui qui leur avait fait faire le tour du propriétaire. C'était un homme à la robuste carrure, avec d'épais sourcils noirs et pas un poil sur la tête. Il s'appelait Pat — Pat Spaulding ou Pat Sprowleen, il ne savait plus très bien. Il y avait aussi une épouse dans le tableau, et elle les avait accompagnés pendant la première partie de la tournée. Oui, ça lui revenait à présent, ce qu'il y avait de curieux à propos de cette épouse. Elle aussi s'appelait Pat, et Mr. Bones se souvint qu'Alice avait trouvé ça drôle, qu'elle avait même un peu ri en entendant les deux noms ensemble, et que Dick l'avait prise à l'écart pour lui rappeler les bonnes manières. Patrick et Patricia. Pat et Pat, pour les intimes. Tout cela était si déconcertant, si terriblement absurde et déconcertant.

A force de cajoleries, Beth finit par le persuader de se lever et de marcher avec elle jusqu'à la maison. Il rendit une fois en chemin, mais il trouvait agréable de sentir l'air frais contre son corps brûlant, et après qu'il eut expulsé ces saletés de son organisme, ses douleurs lui parurent s'alléger considérablement. Encouragé, il la suivit à l'intérieur et puis accepta avec reconnaissance la proposition de s'allonger sur le tapis du salon. Beth partit à la recherche de son père et Mr. Bones, déjà roulé en boule devant la cheminée, fixa son attention sur les bruits provenant de la grande pendule à balancier du couloir. Il entendit dix tic-tac, vingt tic-tac, et puis il ferma les yeux. Juste avant de s'endormir, il fut à peine dérangé par des pas qui s'approchaient et une voix d'homme qui disait : « Laissons-le, pour le moment. On viendra voir comment il va quand il se réveillera. »

Il dormit toute la matinée et une bonne partie de l'après-midi, et quand il se réveilla il sentit que le pire était passé. Non qu'il se sentît en pleine forme, mais au moins il était à moitié vivant et, sa température ayant baissé de quelques degrés, il pouvait remuer ses muscles sans avoir l'impression que son corps était fait de briques. Il se sentait assez bien pour accepter un peu d'eau, en tout cas, et quand Beth appela son père pour qu'il juge par lui-même de l'état du chien, la soif de Mr. Bones fut plus forte que lui et il ne cessa de boire que lorsque toute l'eau eut disparu. C'était un mauvais calcul. Il n'était pas en condition pour absorber une quantité aussi prodigieuse, et à l'instant même où Pat Un entrait dans la pièce, Mr. Bones régurgita le contenu de son estomac sur le tapis du salon.

« Je voudrais bien que les gens s'abstiennent de nous coller leurs chiens malades, dit l'homme. Tout ce qu'il nous faut, c'est que celui-ci clamse. Ça nous ferait un beau procès sur les bras, pas vrai ?

— Tu veux que j'appelle le Dr Burnside ? demanda Beth.

— Oui. Dis-lui que j'arrive. »

Il s'apprêta à sortir de la pièce, mais à mi-chemin de la porte il s'arrêta et se retourna vers Beth.

« A la réflexion, il vaudrait mieux que ta mère s'en charge. Il y a plein de choses à faire ici, aujourd'hui. »

Ça, c'était un coup de chance pour Mr. Bones. Pendant le temps qu'il leur fallut pour retrouver Pat Deux et organiser les choses, il put établir un plan. Et, sans plan, il n'aurait jamais été capable de faire ce qu'il fit. Ça lui était bien égal, à lui, s'il était malade ou bien portant, s'il allait vivre ou mourir. Le comble était atteint. Lui vivant, il ne permettrait pas à ces gens de l'emmener chez ce crétin de véto. C'était pour cela qu'il avait besoin d'un plan. Il ne disposerait que de quelques secondes pour l'appliquer, et tout devait être limpide dans sa tête avant de passer à l'acte — afin qu'il sache exactement ce qu'il devait faire et exactement à quel moment.

Pat Deux était une version plus âgée de Beth. La croupe un peu plus large, peut-être, et vêtue d'une doudoune rouge et non bleue, mais avec le même air de compétence masculine et de bonne humeur paisible. Mr. Bones les aimait bien, toutes les deux, mieux que Pat Un, et il regrettait un peu d'abuser de leur confiance, surtout après qu'elles l'avaient traité avec tant de gentillesse, mais c'était tout ou rien, désormais, et il n'y avait pas de temps à perdre en sentimentalisme. La femme marcha avec lui jusqu'à la voiture en le tenant en laisse et, exactement comme il l'avait prévu, elle ouvrit la portière du passager pour le faire monter le premier, en ne lâchant la laisse qu'à la toute dernière minute. A l'instant où la portière claquait, Mr. Bones fila de l'autre côté de la voiture et s'installa sur le siège du conducteur. C'était le point essentiel de sa stratégie, et l'astuce consistait à contrôler que la laisse ne s'accrochait pas au levier de vitesse, au volant, ni à n'importe quelle autre protubérance (elle ne s'accrocha pas), et à se trouver, lui, bien en place lorsque Pat aurait fait le tour de la voiture et ouvrirait la portière de son côté (il y était). C'était ainsi qu'il avait tout imaginé, et c'est ainsi que tout se passa dans la réalité. Pat Deux ouvrit la portière côté conducteur, et Mr. Bones sauta. Il courait déjà lorsqu'il toucha terre, et avant qu'elle ait pu l'attraper par la queue ou marcher sur sa laisse, il était parti.

Il se dirigea vers les bois situés au nord du bâtiment principal, en s'efforçant de rester aussi loin que possible de la route. Il entendit Pat Deux qui lui criait de revenir, et après un moment les voix de Beth et de Pat Un se joignirent à la sienne. Un peu après, il entendit démarrer le moteur de la voiture et puis des roues qui dérapaient sur la terre battue, mais il était déjà bien enfoncé dans les bois à ce moment-là, et il savait qu'ils ne le trouveraient jamais. L'obscurité tombait tôt à cette époque de l'année, et dans une heure ils ne verraient plus rien.

Il continua vers le nord, trottant dans les sous-bois gelés tandis que la lumière pauvre de l'hiver diminuait autour de lui. Des oiseaux s'envolaient à son approche pour se réfugier dans les plus hautes branches des pins, et des écureuils s'enfuyaient dans toutes les directions en l'entendant venir. Mr. Bones savait où il allait, et même s'il ne savait pas exactement comment y arriver, il comptait sur son nez pour lui indiquer la bonne direction. Le jardin des Jones ne se trouvait qu'à dix miles, et il se disait qu'il arriverait le lendemain, le surlendemain au plus tard. Tant pis si les Jones étaient partis et ne devaient pas revenir avant quinze jours. Tant pis si sa nourriture était enfermée dans le garage et s'il lui était impossible d'y accéder. Il n'était qu'un chien, et il n'était pas capable de voir aussi loin. Pour l'instant, la seule chose qui comptait était d'arriver là où il allait. Une fois là, le reste s'arrangerait de soi-même.

C'est ce qu'il pensait. Mais la triste vérité, c'est que Mr. Bones pensait mal. S'il avait été au mieux de sa forme, il ne fait aucun doute qu'il aurait atteint sa destination, mais son corps n'était plus à la hauteur de ce qu'il en exigeait, et avoir ainsi sauté et couru lui coûta cher. Dix miles, ce n'était pas bien long, en comparaison de la randonnée monumentale qu'il avait entreprise pas plus de trois mois et demi auparavant, mais il voyageait à présent le ventre vide, et il y a des limites à ce qu'un chien peut accomplir par la seule force de sa volonté. Ce qui est remarquable, c'est qu'il réussit à parcourir presque deux miles dans cet état de faiblesse. Il alla aussi loin que ses pattes le portèrent et alors, entre un pas et le suivant, sans la moindre prémonition de ce qui allait arriver, il s'effondra sur le sol et s'endormit.

Pour la deuxième fois en deux nuits, il rêva de Willy, et cette fois encore le rêve fut différent de tous ceux qui l'avaient précédé. Cette fois-ci, ils étaient assis sur la plage à La Jolla, en Californie, un endroit où ils étaient passés lors de leur premier voyage ensemble, quand il n'était pas encore adulte. Cela signifiait qu'il y avait de cela des années et des années, et qu'il se retrouvait en un temps où tout lui paraissait neuf et inconnu, où tout ce qui lui arrivait arrivait pour la première fois. Le rêve commençait en plein après-midi. Le soleil brillait, éclatant, une brise légère soufflait et Mr. Bones, étendu, la tête sur les genoux de Willy, savourait la sensation des doigts de son maître en train d'aller et venir sur son crâne. Tout cela s'était-il réellement passé ? Il ne s'en souvenait plus, mais l'impression de vie était assez forte pour que cela parût réel, et c'était, à ce moment, tout ce qui comptait pour lui. Jolies filles en maillots de bain, emballages de crème glacée et tubes de lotion solaire, frisbees rouges papillotant dans l'atmosphère. C'est cela qu'il vit lorsqu'il ouvrit les yeux dans le rêve, et il pouvait en flairer l'étrangeté et la beauté, comme si une part de lui savait déjà qu'il se trouvait au-delà des frontières de la stricte réalité. Cela parut commencer en silence, silence au sens d'absence de paroles, avec le bruissement des vagues sur le rivage et le vent qui faisait claquer les drapeaux et les parasols de plage. Et puis une chanson pop surgit d'une radio, quelque part, une voix de femme chantait : *Be my baby, be my baby, be my baby now.* C'était une jolie chanson, jolie et stupide, et Mr. Bones l'écoutait avec tant de ravissement qu'il ne se rendit pas compte que Willy lui parlait. Quand il tourna enfin son attention vers son maître, il avait déjà laissé échapper plusieurs phrases, des paragraphes entiers d'informations vitales, peut-être, et il lui fallut un moment pour reconstituer le sens de ce que disait Willy.

« Demande pardon » fut la première chose qu'il entendit, suivie de « je regrette, vieux frère » et de

« test ». Quand à ces mots succédèrent « sale affaire » et « comédie », Mr. Bones se trouvait sur la voie de la compréhension. Le Willy démon n'avait été qu'un stratagème, une ruse destinée à le persuader d'endurcir son cœur contre le souvenir de son maître. Si déchirante qu'eût été cette épreuve, c'était la seule façon de mesurer la permanence de l'affection du chien. Le simulateur avait tenté de lui casser le moral, et bien qu'à moitié mort de peur Mr. Bones n'avait pas hésité à pardonner à Willy lorsqu'il s'était réveillé le matin, à chasser d'un haussement d'épaules ses calomnies et fausses accusations, et à faire une croix sur ce qui venait de se passer. De cette façon, sans même savoir qu'il subissait un jugement, il avait remporté l'épreuve. La récompense en était ce rêve-ci, cette visite dans un pays jouissant d'un été langoureux et sans fin, l'occasion de se chauffer au soleil pendant une froide nuit d'hiver ; et pourtant, si délectable et si bien mené qu'il fût, ce rêve n'était que le prélude à quelque chose de beaucoup plus important.

« Qu'est-ce que c'est que ça ? » demanda Mr. Bones, et soudain, en s'entendant, il se rendit compte qu'il pouvait de nouveau parler, former des mots aussi clairement et aisément que n'importe quel bipède en train de jaser dans sa langue maternelle.

« Ça, entre autres choses, répondit Willy.

— Quoi, *ça* ? demanda Mr. Bones, qui ne comprenait pas du tout. Quelles choses ?

— Ce que tu es en train de faire.

— Je ne fais rien. Je suis juste couché ici avec toi dans le sable.

— Tu es en train de me parler, non ?

— J'ai l'impression de parler. Il me semble que je m'entends parler. Mais ça ne veut pas dire que je le fais vraiment.

— Et si je te disais que tu me parles ?

— Je ne sais pas. Je crois que je me lèverais pour faire un petit pas de danse.

— Eh bien, mets-toi à danser, Mr. Bones. Le moment venu, tu n'auras pas à t'inquiéter.

— Quel moment, Willy ? De quoi s'agit-il ?

— Le moment venu pour toi d'aller à Tombouctou.

— Tu veux dire que les chiens sont admis ?

— Pas tous les chiens. Quelques-uns. Chaque cas est traité à part.

— Et j'en suis ?

— Tu en es.

— Ne me fais pas marcher, maître. Si tu plaisantes en ce moment, je ne crois pas que je pourrais le supporter.

— Crois-moi, mon toutou, tu es admis. La décision est prise.

— Et quand est-ce que j'y vais ?

— Quand le moment sera venu. Tu dois être patient.

— Il faut d'abord que je ferme mon parapluie, c'est ça ?

— C'est ça. En attendant, je veux que tu sois sage. Retourne à l'Eden canin et laisse ces gens-là prendre soin de toi. Quand les Jones viendront te rechercher, souviens-toi de la chance que tu as. Tu ne peux pas demander mieux que Polly et Alice. Ces deux-là, c'est ce qu'on fait de mieux, tu peux m'en croire. Et il y a autre chose : ne te fais pas de mouron à cause de ce nom qu'elles t'ont donné. Tu seras toujours Mr. Bones pour moi. Mais si jamais ça recommence à te déprimer, mets-le simplement sous sa forme latine, et tu te sentiras beaucoup mieux. Sparkatus. Ça sonne bien, tu ne trouves pas ? Sparkatus le Chien. Oyez, bonnes gens, voici Sparkatus, le plus noble de tous les remueurs de queue de Rome. »

Oui, ça sonnait bien, très bien, et quand Mr. Bones s'éveilla peu de temps après l'aube, le mot résonnait encore dans sa tête. Tant de choses avaient changé pendant son sommeil, tant de choses lui étaient arrivées entre le moment où il avait fermé les yeux et celui où il les avait rouverts qu'il ne remarqua pas tout de suite qu'il avait neigé pendant la nuit, pas plus qu'il ne reconnut que les tintements suscités par le mot « Sparkatus » provenaient en réalité des branches enrobées de glace, au-dessus de lui, qui craquaient doucement dans le vent. Peu pressé de quitter l'univers du rêve, Mr. Bones ne prit que progressivement conscience du froid intense qui l'entourait, et lorsqu'il eut commencé à sentir le froid, il prit conscience d'une chaleur également intense. Quelque chose brûlait en lui. Le froid se trouvait à l'extérieur, la chaleur à l'intérieur; il avait le corps couvert de neige, et dans ce corps la fièvre était revenue, aussi féroce et paralysante que la veille. Il fit une tentative pour se lever afin de secouer la neige de son pelage, mais il se sentait les pattes comme des éponges et il dut renoncer. Peut-être plus tard, se dit-il, peut-être plus tard, quand le soleil sera levé et qu'il aura un peu réchauffé l'atmosphère. En attendant, il resta couché sur le sol et examina la neige. Il n'en était pas tombé plus d'un pouce, mais cela suffisait à donner l'impression que le monde était différent. La blancheur de la neige avait quelque chose de surnaturel, pensa-t-il, à la fois surnaturel et très beau, et comme il regardait deux paires de moineaux et de mésanges en train de picorer le sol à la recherche de quelque chose à manger, il sentit au fond de lui un petit pincement de sympathie. Oui, même pour ces cervelles d'oiseaux, ces emplumés inutiles. Il ne pouvait pas s'en empêcher. La neige paraissait les avoir tous rapprochés, et pour une fois il se sentait capable de les considérer non comme des nuisances, mais comme des créatures, ses pareils, des membres de la confrérie secrète. Pendant qu'il observait les oiseaux, il se rappela que Willy lui avait conseillé de retourner à l'Eden canin. C'était un bon conseil, et si son corps avait été à la hauteur de la tâche, il l'aurait suivi. Mais ce n'était pas le cas. Il était trop faible pour aller si loin, et puisqu'il ne pouvait pas compter sur ses pattes pour l'emmener jusque-là, il fallait qu'il reste où il était. Faute d'autre chose à faire, il mangea un peu de neige et essaya de se rappeler le rêve.

Au bout d'un petit moment, il commença d'entendre des bruits de voitures et de camions, le grondement de la circulation matinale. Le soleil se levait, la neige fondait sur les arbres et tombait par terre devant lui, et Mr. Bones se demanda si la grand-route était aussi proche qu'il en avait l'impression. Les bruits peuvent être trompeurs, dans certains cas, et plus d'une fois il s'y était laissé prendre, il avait cru que quelque chose de lointain était plus proche que ce n'était. Il n'avait pas envie de gaspiller son énergie en vains efforts, mais si la route se trouvait là où il pensait qu'elle devait se trouver, alors il avait peut-être une chance. La circulation devenait plus importante, et il devinait toutes sortes de véhicules lancés sur la chaussée humide, un défilé ininterrompu de grosses voitures et de petites voitures, de poids lourds et de camionnettes, d'autocars long-courriers. Il y avait quelqu'un au volant de chacun d'entre eux, et si un seul de ces conducteurs voulait bien s'arrêter et l'aider, il serait sans doute sauvé. Cela voulait dire gravir la pente devant lui, bien sûr, et puis se débrouiller pour redescendre de l'autre côté, mais si pénible que tout cela dût être, il fallait le faire. La route était quelque part, et il devait la trouver. Le seul problème, c'était qu'il devait la trouver du premier coup. S'il se trompait de chemin, il n'aurait jamais la force de remonter la pente pour recommencer.

Mais la route était là, et quand Mr. Bones l'aperçut enfin après s'être débattu pendant quarante minutes contre les épines, les inégalités du sol et les racines rampantes qui lui barraient la route, après avoir perdu pied et glissé en bas d'un talus de terre, après s'être trempé le pelage dans les résideux boueux de la neige, le chien malade et fiévreux comprit que le salut était proche. La route était immense, et la route était étourdissante : une super-autoroute à six voies, avec des voitures et des camions filant dans les deux sens. Avec l'humidité de la neige fondue qui demeurait accrochée à la surface noire de la chaussée, aux garde-fous métalliques et aux branches des arbres alignés le long des bas-côtés est et ouest, et avec le soleil hivernal qui resplendissait dans le ciel et tapait sur ces millions de gouttes d'eau, l'autoroute se présentait à Mr. Bones comme un spectacle radieux, un champ de lumière éblouissante. C'était exactement ce qu'il avait espéré, et il savait à présent que l'idée qui lui était venue pendant ces quarante minutes d'efforts acharnés pour gravir la colline et en redescendre était la seule bonne solution à son problème. Camions et voitures pouvaient l'emporter loin de cet endroit, mais ils pouvaient aussi lui briser les os et lui couper le souffle à jamais. Tout cela était d'une telle évidence, une fois mis en perspective ! Il n'avait pas besoin d'attendre que le moment vienne ; le moment était là, maintenant. Il n'avait qu'à poser le pied sur la chaussée, et il se retrouverait à Tombouctou. Il se retrouverait au pays des mots et des grille-pain transparents, au pays des roues de bicyclettes et des déserts torrides où les chiens parlent à l'égal des hommes. Willy commencerait par désapprouver, mais seulement parce qu'il penserait que Mr. Bones était arrivé là en attentant à sa propre vie. Mais Mr. Bones n'envisageait rien d'aussi vulgaire qu'un suicide. Il allait simplement jouer à un jeu, le genre de jeu que jouerait n'importe quel vieux chien malade et cinglé. Et c'est bien ça qu'il était désormais, n'est-ce pas? Un vieux chien malade et cinglé.

Ça s'appelait saute-voiture, et c'était un sport vénérable, consacré par le temps, qui permettait à tous les vétérans de retrouver les gloires de leur jeunesse. C'était amusant, c'était vivifiant, c'était un défi à tous les talents athlétiques du chien. Il s'agissait simplement de traverser la route en courant et de voir si on pouvait éviter de se faire écraser. Plus on réussissait de traversées, plus on était un grand champion. Tôt ou tard, bien sûr, les risques ne pouvaient que l'emporter, et rares étaient les chiens qui avaient joué à saute-voiture sans perdre au dernier tour. Mais telle était la beauté de ce jeu: du moment que vous perdiez, vous aviez gagné.

Et c'est ainsi que, par cette resplendissante matinée d'hiver en Virginie, Mr. Bones, *alias* Sparkatus, fidèle compagnon de feu le poète Willy G. Christmas, entreprit de démontrer qu'il était un champion parmi les chiens. Passant de l'herbe au bas-côté est de l'autoroute, il attendit une interruption dans le flot des voitures, et alors il se lança. Faible comme il était, il lui restait encore un peu de ressort dans les pattes, et dès qu'il eut trouvé sa cadence, il se sentit plus fort et plus heureux qu'il ne l'avait été depuis des mois. Il courait vers le bruit, vers la lumière, vers la clarté aveuglante et le grondement qui fonçaient sur lui de toutes parts.

Avec un peu de chance, il serait auprès de Willy avant la fin du jour.

Du même auteur :

TRILOGIE NEW-YORKAISE
– vol. 1 : CITÉ DE VERRE, 1987 ;
– vol. 2 : REVENANTS, 1988 ;
– vol. 3 : LA CHAMBRE DÉROBÉE, 1988 ; Babel n° 32.
L'INVENTION DE LA SOLITUDE, 1988 ; Babel n° 41.
LE VOYAGE D'ANNA BLUME, 1989 ; Babel n° 60.
MOON PALACE, 1990 ; Babel n° 68.
LA MUSIQUE DU HASARD, 1991 ; Babel n° 83.
LE CONTE DE NOËL D'AUGGIE WREN, hors commerce,
    1991.
L'ART DE LA FAIM, 1992.
LE CARNET ROUGE, 1993.
LE CARNET ROUGE / L'ART DE LA FAIM, Babel n° 133.
LÉVIATHAN, 1993 ; Babel n° 106.
DISPARITIONS, Coédition Unes / Actes Sud, 1994.
MR VERTIGO, 1994 ; Babel n° 163.
SMOKE, 1995.
SMOKE / BROOKLYN BOOGIE, Babel n° 255.
LE DIABLE PAR LA QUEUE, 1996, Babel n° 379.
LA SOLITUDE DU LABYRINTHE (avec Gérard de Cor-
    tanze), 1997.
LULU ON THE BRIDGE, 1998.

En collection Thesaurus :
ŒUVRES ROMANESQUES, t. I, 1996.
ŒUVRES ROMANESQUES ET AUTRES TEXTES, t. II, 1999.

Composition réalisée par EURONUMÉRIQUE

Imprimé en France sur Presse Offset par

BRODARD & TAUPIN

GROUPE CPI

La Flèche (Sarthe).
N° d'imprimeur : 10526 – Dépôt légal Édit. 16286-01/2002
LIBRAIRIE GÉNÉRALE FRANÇAISE - 43, quai de Grenelle - 75015 Paris.
ISBN : 2 - 253 - 15208 - 0

♦ 31/5208/9